美少女　監禁ゲーム

睦月影郎

マドンナメイト

美少女　監禁ゲーム

第一章　飼って下さい

1

「あ、もしかして戸山恵利《とやまえり》さん……？」

文男《ふみお》は金曜の夕方、本屋の帰りに恵利を見かけて思わず声を掛けてしまった。

何しろ去年の教育実習期間、文男が最も惚れ込み、何度となくオナニー妄想でお世話になった美少女である。

セミロングの黒髪で笑窪が愛らしく、今日も彼女は学校の帰りで、セーラー服姿だった。白い長袖で、濃紺の襟と袖に三本の白線、スカーフは臙脂で、スカートは同じく濃紺、白いソックスが可憐である。

この四月、恵利も高校三年生になっただろう。だが早生まれのため、まだ十七歳になったばかりの筈だ。

根津《ねづ》文男は二十三歳、先月大学を卒業したが、今はフリーターで作家志望のため、たまに雑誌にコラムを載せてもらっていた。

高校国語教師の空きがなく、それに教育実習の経験から、今の高校生を相手にするのがすっかり嫌になっていたのだ。

ろくに授業も聴かず文男を小馬鹿にし、陰でネズミ男と言われていたものだ。

別に歯は出ていないし、歯磨きも入浴もしているのだが、姓名からして確かに小学生の頃からそんなあだ名が付けられていた。

しかし運動が苦手で色白の小太りだから、どちらにしろ生徒たちから見てダサいことには違いない。

しかも彼女のいない童貞臭は、生徒たちにも分かるらしい。特に女生徒たちはカッコいい教育実習生が来ると期待していただろうから、なおさら風当たりは強かった。

そんな中、恵利だけは真面目に授業を聴いてくれ、何かと質問もしてきたし、国語だけでなく他の教科も優秀なお嬢様だった。

親は電気機器の技術者と聞いている。

「根津先生」

恵利は笑みを含み、つぶらな目で答えてくれた。

「良かったわ。根津先生に相談したいことがあるんです。いいですか」

その思いがけない言葉に、文男は舞い上がった。

「い、いいよ、もちろん。どこかでお茶でも、それとも夕食がいいかな」

文男は、思わず財布の中身を思い出しながら嬉々として答えていた。

「じゃ夕食で」

恵利がためらいなく言ってくれ、彼はドキリと胸を高鳴らせた。

「どの店にしようか。あまり外食しないので知らないんだ」

文男のアパートも近くだが、今はバイトもしていないので、いつも節約して飯を炊き、野菜炒めやハムで凌いでいたのだ。

「うちへ来て下さい」

「え……、ご両親がいらっしゃるだろう……」

言われて、文男は戸惑いながら答えたが、恵利はすでに歩きはじめているので彼も従った。この機会だから、少しでも長く彼女と過ごしたいし、多く話したかったのだ。

そういえば実習した私立高校のある街に彼のアパートもあるのに、こんなふうに教え子と行き合うのは初めてのことだった。

もっとも教育実習は半月足らずだったたし、仮に彼を見かけても声を掛けるような生徒はいなかったのだろう。

文男の実家は静岡で、やはり両親とも教員をしており、彼は一人っ子だ。

「両親は、社宅を引き払ってアメリカに行っちゃいました」

歩きながら恵利が言う。

彼女も一人っ子だし、まだ残りの高校生活も一年あるから、今は部屋を借りて一人暮らしをしているようだった。

「ここです」

恵利が指して言い、文男は真新しい六階建てのマンションを見上げた。

各階に二所帯ずつの細長い建物で、タカダマンションとあり、恵利の部屋は最上階らしい。

「ここ、高田《たかだ》先生がオーナーなんですよ」

「え、国語の高田先生？」

　恵利がエントランスに招きながら言うと、文男は驚いた。

　高田真沙江《まさえ》は二十九歳、文男の先輩教師で、実習中も世話になったのだ。髪の長いメガネ美女で、実は文男は、恵利のみならず真沙江の面影でもずいぶんオナニー妄想で熱いザーメンを放ったものである。

　とにかくエレベーターに乗り、彼は胸をときめかせながら六階に上がった。

　恵利はキーを出してドアを開け、ためらいなく文男を招き入れてくれた。

　上がり込むと、キッチンは清潔にされ、リビングは広く、ソファとテーブル、テレビが据えられ、あとは彼女の寝室と勉強部屋にバストイレ、もう一部屋あるようなので3LDKだ。

「すぐ仕度しますね。冷凍物だし、お酒はないけど」

「ああ、何か手伝うよ」

「いいです、座ってて下さい」

　言われて、文男も室内に籠《こ》もる生ぬるく甘ったるい思春期の匂いを感じながらソファに腰を下ろした。

　もちろん女性とこんなに長く話すのも初めてだし、部屋に入るのも生まれて初めてのことだった。

ただ、生徒たちは彼を童貞と思っているようだが、実は学生時代にバイト代を貯め、一回だけ風俗に行ったことがあったのだ。だが無味無臭で味気なく、病みつきになることはなかった。

だから正確には素人童貞である。

恵利は甲斐甲斐しく、冷凍庫から出したピラフを電子レンジに入れ、湯を沸かして二つのカップにオニオンスープの粉を入れた。そしてペットボトルの烏龍茶を二つのグラスに注いだ。

やはり今は学業優先で、手料理などはあまりしないのだろう。

彼女は順々にテーブルに運び、やがて二つの皿にピラフを盛って置くと、自分も座った。

ソファがL字なので、彼女は斜め横だ。

しかもセーラー服の美少女と食事など、自分の人生で初めてのことで、緊張で味が分かるだろうかと心配になった。もし喉に詰めて咳き込んだり、ゲロでも吐いたら追い出されるだろう。

「先生も自炊ですか」

「うん、まあ先生にはならなかったんだけどね。教育実習で、自分は人前で喋るのが苦手だと痛感したんだ」

食べはじめながら無邪気に訊いてくるので、文男も懸命にピラフを飲み込みながら答えた。

「そうなんですか。じゃ今は？」

「何とか雑誌にコラムを載せてもらってるけど、もちろん食えないから居酒屋でバイトしたり、出来れば作家になりたいんだけど、どうなるか」

「作家になれたらすごいですね」

「うん、頑張るので、それまで先生とは呼ばないでね」

「ええ、じゃ根津さん」

恵利が言い、ピラフを頰張ってたちまち皿を空にした。

少し遅れて文男も残りを口に入れるとオニオンスープで流し込み、烏龍茶で喉を潤した。

「明日から十連休です」

「そうか、ゴールデンウイークだね」

いつも部屋にいて曜日の感覚の無い文男も思い出した。そういえば大型連休前で、町も賑やかだった気がする。

連休の間に月火の平日が二日間あるが、長期旅行をする金持ちの生徒が多いので、学園側も十連休にしてしまったらしい。

「休みにご両親は帰ってこられないの？」

「ええ、私一人だし、何の予定も入ってません」

「そう、僕と同じだね」

彼が言うと、恵利は立って手早く洗い物をすませた。

「それで、相談というのは？」

恵利が手を拭いて戻ると、文男は訊いてみた。

何しろ、半年ぶりに会ったダサい元教育実習生などより、彼女にはもっと身近に良い相談相手がいるだろうにと思ったのだ。

「こっちへ来て下さい」

恵利が言い、奥の部屋へと彼を招いた。

それは、彼女の寝室や勉強部屋ではなく、残る一つの部屋だった。

入ると、中には家具も何もない、六畳ほどの板張りの部屋である。

あるのは、簡易ベッドが一つだけ。それにもう一つ、鎖の付いた大型犬用の首輪が置かれていたのだ。

（こ、これはまさか、僕を監禁するつもりか……？）

文男がそう思ったほど、そこは牢獄のような部屋だった。

しかも鎖の端はベッドの脚に固定され、小さな鍵が付いている。

窓はあるがロックされてカーテンが閉められ、鎖の長さは窓にもドアにも届かない。

「この部屋は……」

「私を、飼って下さい……」

彼が訊くと、恵利は小さく答え、スカーフを解いてセーラー服を脱ぎはじめたのである。たちまち上半身はブラだけとなり、制服の内に籠もっていた熱気が解放され、甘ったるい匂いが漂った。

2

「ど、どういうこと……」

文男が戸惑っていると、恵利が首輪を彼に手渡してきた。

「付けて下さい。私、小さい頃から囚《とら》われのお姫様になるのが夢だったの……」

恵利がベッドに座って言う。

文男も興奮と緊張に胸を高鳴らせながら、彼女の差し出す首に革製の首輪を掛け、緩めにベルトを嵌《は》めた。よく見ると大型犬用ではなく、革の内側にクッションも付いているから、どうやらプレイ用の道具らしい。

「鍵も」

恵利がキーを渡して言うので、彼は首輪に施錠し、完全にロックした。

すると恵利が、そのキーを開けっ放しのドアから廊下に投げたのだ。これで、もう自由になるのは文男の意思に委ねたということなのだろう。

鎖の端もベッドの脚に施錠されつながれているので、恵利はベッド周辺の自由しかないということになる。

「本屋の前で僕に会ったのは、偶然……？」

訊いても、恵利は答えずベッドに横になった。

文男も深く追及しなかった。

もっと好みの男がいるだろうにと思ったが、それでは彼女も嬉しいだけになってしまい、監禁のスリルは得られないのだろう。

だから適度にダサくて、うんと好きでもなく、しかし願いを叶えてくれそうな男と思われたのかも知れない。

だから、深く訊くのが恐くて文男も黙った。

彼女が先にセーラー服だけ脱いだのは、それは首輪を嵌めたら脱げないからではないか。

すると、彼のそんな気持ちを察したように恵利が言った。

「セックスだけはしないで下さい」

「う、うん……、君は、体験は……？」

「まだです。キスもしていません。私はこれから眠るので、キッチンでもお風呂でも自由に使って下さい。ここには誰も来ません。あとトイレ用に、ティッシュと洗面器だけ持ってきて」

恵利に言われ、彼は脱いだセーラー服とスカーフを持ち、いったん部屋に出て落ち着こうと思った。

そして廊下に投げられたキーも手にしてリビングに戻り、文男はいつしか痛いほどピンピンに股間が突っ張っていることに気がついた。

セーラー服にはまだ彼女の体温が残り、思わず胸元や腋の下に鼻を埋めて嗅ぐと、生ぬるく甘ったるい汗の匂いが鼻腔を刺激してきた。

（うわ、なんていい匂い……）

文男は、風俗嬢では得られなかったナマの体臭に興奮を強めたが、生身がいるのになぜこんなことをしているのだろうと思った。

（セックスはしないでと言ったけど、挿入以外のことはいいんだろうか……）

そんなことを思いながら、とにかくバスルームに行った。

洗濯機の中を見てみたが空で、彼はプラスチック洗面器を手にすると、リビングにあったティッシュの箱も持って奥の部屋に戻った。

ドアは開けっ放しで、すぐ横になっている恵利が見えた。

どうやら軽い寝息を立てているようだ。

寝たふりかも知れないが、とにかく彼は鎖の届く範囲に洗面器とティッシュを置き、再び静かにリビングに戻った。

何かあるにしても、とにかく身綺麗にした方が良い。何しろアパートに籠もりきりだったから、何日もシャワーを浴びていないのだ。

文男は服を脱いでソファに起き、全裸になってリビングを出た。初めて訪れた人の家で、全裸で歩き回るのも妙なものである。

バスルームへ行く前に、他の部屋も見てみた。

トイレにはピンクの便座カバーがあり、彼はそこに頬ずりしながら、汚物入れの蓋も開けてみたが空だった。

勉強部屋を見ると学習机に本棚、ノートパソコンなどがあり、アイドルのポスターやぬいぐるみの類いはなかった。両親がアメリカに行っている間の仮住まいだから、最小限のものだけらしい。

寝室も見てみると、ベッドと小型テレビ、オーディオセットがあり、鏡のある化粧台は恐らく母親のものだろう。

寝室には、他の部屋より一番濃く、思春期の体臭が生ぬるく立ち籠めていた。

文男は思わず枕に鼻を埋め込み、繊維に沁み込んだ美少女の髪や汗、涎の匂いなどを吸収した。

（いや、生身がいるんだった……）

彼は思い直し、まずは身を清めることにした。

洗面所にある、彼女のものであろうピンクの歯ブラシを使い、バスルームに入ってシャワーの湯を浴びながら歯を磨いた。

ボディソープで特に念入りに腋と股間を洗い、シャンプーで髪も洗いながら、勃起を堪えて懸命に放尿も済ませた。

もう一度シャワーを浴び、身体を拭いて綺麗さっぱりしてから下着だけ着けて脱いだ服を抱え、リビングに戻った。

外も日が落ち、すっかり暗くなっている。四月末だが、特にエアコンも要らない快適な温度だった。

（さあ……）

文男は意を決して奥の部屋に向かった。

このまま何もしないではいられない。

一番いけないのは、枕カバーやセーラー服を嗅いで自分で抜いてしまったり、朝まで眠ってしまうことだ。そんなことをしたら本当のバカだから、それだけは避けなければならない。

彼はトランクスのテントを張りながら、忍び足で奥の部屋に入った。

ドアが開いているし不在にしたのはわずかな間なのに、早くも室内には生ぬるく甘ったるい熱気が籠もっていた。

天井の灯りは、やや絞られている。

恵利は長い睫毛を伏せ、仰向けのまま軽やかな寝息を立てていた。

そっと屈み込んで顔を寄せると、美少女の顔が間近に迫った。

ぷっくりした唇がわずかに開き、白く滑らかな歯並びが、ヌラリとした光沢を放って覗いている。

しかし呼吸の大部分は鼻からで、触れんばかりに近づいて美少女の息を嗅ぐともわっとした熱気が心地よく鼻腔を湿らせた。

あまり匂いは感じられないが、美少女が一度吸い込んで使い、要らなくなって吐き出された気体を嗅ぐのは激しい興奮が湧いた。

唇にも鼻を寄せて嗅ぐと、ほのかに唾液の乾いた匂いが感じられた。

もう堪らず、文男はそっと唇を触れさせると、グミ感覚の弾力と唾液の湿り気が伝わってきた。

やはり風俗嬢とのおざなりなキスとは興奮の度合いが違う。

感触を味わいながら、そろそろと舌を挿し入れ、滑らかな歯並びをたどると、

「あッ……」

いきなり恵利が目を開き、声を上げて身じろいだ。

そしてビクリと半身を起こし、指でそっと自分の唇に触れた。

「ご、ごめんよ、本当に眠っていると思わなくて……」

思わず身を離して言ったが、股間のテントは隠しようもなく、彼女もそこにチ

ラと目を遣《や》った。

「私、することがないとすぐ眠ってしまうので……」

「い、嫌だったかな。忘れて……」

彼女が自分から拘束を望んだのだから、少々のことをしても構わないだろうに生来の気の弱さから彼はオドオドしていた。

「忘れないわ。セックス以外のことなら、何をされてもいいと思ってるので」

恵利が笑窪の浮かぶ頰を上気させて言う。

「そ、それなら、全部脱いで。決して挿入はしないので」

思いきって言うと、恵利はブラの肩紐を降ろすと腹の方へと降ろしてくれた。

形良く張りのありそうなオッパイが露わになり、さすがに乳首と乳輪は初々しい桜色をしていた。

さらに彼女はスカートの脇ホックを外し、緩んだブラと一緒に足から脱ぎ去ってしまった。

残るはショーツとソックスだけである。

再び身を投げ出したので、あとは勝手に脱がせろというのだろう。

文男は彼女の足の方に移動し、壊れ物を扱うように両の白いソックスを抜き取った。

美少女の素足は、芸術品のように形良く美しかった。

ソックスを嗅ぎたいが恵利が見ているので、変態と思われても困る。

だから彼は生身の足裏に顔を寄せ、滑らかな足裏にそっと舌を這わせた。

「あん……！」

踵から土踏まずを舐めると、恵利がビクッと反応して声を上げたが、激しく拒むようなことはしなかった。

文男は両足の裏に舌を這い回らせ、彼女がくすぐったそうに身悶えるたびに、鎖がカチャカチャと鳴った。

そして彼は、縮こまった足指に鼻を押し付け、指の股に籠もるムレムレの匂いを貪りながら、爪先にしゃぶり付いてしまった。

3

「あう、ダメです、汚いから……！」

恵利が腰をよじらせて呻《うめ》き、懸命に身を縮めようとした。いや、くすぐったいからダメなのではなく、文男の唾液が汚いのかも知れない。

構わず彼は全ての指の股に舌を割り込ませ、汗と脂の湿り気を味わった。

そして両足とも、蒸れた匂いと味が薄れるまで貪り尽くすと、とうとう彼女も刺激を避けるように寝返りを打ってうつ伏せになってしまった。

文男はそのまま、彼女の踵からアキレス腱、脹《ふく》ら脛《はぎ》から汗ばんだヒカガミを舐め上げていった。

肌はどこもスベスベで、実に滑らかな舌触りだった。

太腿からショーツに覆われた尻の丸みをたどり、腰から背中を舐め上げていくと、ブラのホック痕は淡い汗の味がした。

「アア……」

背中も感じるようで、恵利は顔を伏せて熱く喘いだ。

肩まで行って髪に鼻を埋めると、甘いリンスの香りに混じり、初々しく乳臭い匂いが鼻腔をくすぐった。

耳の裏側の湿り気も嗅いで舌を這わせ、再びうなじから背中を舐め降り、たまに脇腹にも寄り道しながら尻に戻ってきた。

ショーツのゴムに指を掛け、ゆっくり引き下ろしていっても恵利は拒まない。

やがて大きな水蜜桃のような双丘が露わになり、彼は太腿までショーツを下ろすと、堪らずナマ尻に顔を寄せた。

指で白く丸い谷間を広げると、何やら大きな肉マンでも二つに割るような感触が伝わり、奥には薄桃色の蕾がひっそり閉じられていた。

単なる排泄器官の末端が、なぜこんなにも可憐で美しいのだろうか。

吸い寄せられるように蕾に鼻を埋めると、顔じゅうに弾力ある双丘が密着した。

蕾には蒸れた汗の匂いが籠もり、彼は貪るように嗅いだ。

もっとも監禁を続けて洗面器で大小の排泄をさせれば、ティッシュで拭くだけだから、いずれ生々しい匂いも嗅げることだろう。

文男は舌を這わせ、細かに収縮する襞を濡らし、ヌルッと潜り込ませて滑らかな粘膜を探った。

「く……！」

恵利が呻き、キュッと肛門で舌先をきつく締め付けてきた。

彼が舌を出し入れさせるように蠢《うごめ》かせると、恵利が嫌々をするように尻を動かし、とうとう再び寝返りを打って仰向けになってしまった。

いったん身を起こした文男は、下がったままのショーツを完全に下ろして両足首からスッポリ引き抜くと、とうとう恵利は一糸まとわぬ姿になった。

下着も見たり嗅いだりしたいが、今は生身だ。

股間の若草は楚々として淡く可憐だが、まだ肝心な部分は最後にする。

文男は移動し、仰向けの恵利の胸に迫った。

チュッと乳首に吸い付いて舌で転がし、顔を押し付けて処女の膨らみを味わうと、

「アア……」

恵利がビクッと顔を仰け反らせて喘いだが、まだ感じるというよりくすぐったい感覚の方が大きいのだろう。

左右の乳首を交互に含んで舐め回すと、刺激により次第に乳首もコリコリと硬く突き立ってきた。

両の乳首を味わい尽くすと、彼は恵利の腕を差し上げ、腋の下に鼻を埋め込んでいった。生ぬるく湿った腋には、濃厚に甘ったるい汗の匂いが沁み付いて、嗅ぐたびに甘美な悦びが胸を満たした。

スベスベの腋に舌を這わせると、

「あう、ダメ……」

恵利が呻き、彼の顔をきつく腋で締め付けてきた。

文男はそのまま滑らかな肌を舐め降りてゆき、愛らしい縦長の臍を探り、張りのある下腹に耳を押し当てて弾力を味わった。

奥からは微かな消化音が聞こえ、やはりとびきりの美少女は天使ではなく、生身の肉体なのだと思った。

腰骨からＹの字の水着線を舌でたどると、そこもかなりくすぐったいようで、

「あん……！」

恵利が声を上げ、クネクネと腰をよじった。

いよいよ彼は恵利の股を開かせ、その真ん中に腹這い、白くムッチリと張りのある内腿を舐め上げて股間に向かっていった。

まさかクラスで、いや学年でトップクラスの美少女の、この神秘の部分にまで迫れるとは夢にも思わなかったものだ。

何度も妄想した割れ目が、目の前にあった。

ぷっくりした丘には楚々とした若草が煙り、丸みを帯びた割れ目はゴムまりを二つ並べて押しつぶしたようで、間からは清らかなピンクの花びらがわずかにはみ出していた。

そっと指を当てて陰唇を左右に広げると、微かにクチュッと湿った音がして中身が丸見えになった。

柔肉はヌラヌラと蜜に潤い、処女の膣口が花弁状に細かな襞を入り組ませて息づいている。ポツンとした小さな尿道口も確認でき、包皮の下からは小粒のクリトリスが、真珠色の光沢を放って顔を覗かせていた。

「アア、そんなに見ないで、恥ずかしい……」

恵利が、白い下腹をヒクヒク波打たせて喘いだ。

文男も、もう堪らず吸い寄せられるように顔を埋め込んでいった。

柔らかな若草に鼻を擦りつけて嗅ぐと、隅々には生ぬるく蒸れた汗とオシッコの匂いに、微かな恥垢らしいチーズ臭も混じって鼻腔が刺激された。

恐らく最後の入浴は昨夜だろう。

「いい匂い」

「あう……」

嗅ぎながら思わず股間から言うと、恵利が呻き、キュッときつく内腿で彼の両頬を挟み付けてきた。

文男は貪るように嗅いで胸を満たし、そろそろと舌を這わせていった。

膣口の襞をクチュクチュ掻き回すと、溢れる蜜ですぐにも舌の動きが滑らかになった。ヌメリは淡い酸味を含み、彼は味わいながら柔肉をたどり、クリトリスまで舐め上げていった。

「アアッ……！」

恵利が熱く喘ぎ、ビクッと顔を仰け反らせて反応した。

やはりクリトリスが最も感じるのだろうし、本人もオナニーで絶頂快感ぐらい知っているに違いない。

チロチロと舌で探ると、内腿に力が入り、蜜の量が格段に増してきた。

舐めながら見上げると、息づく肌の向こうに形良いオッパイがあり、間から仰け反って喘ぐ顔が見えた。

文男は味と匂いを貪りながら、そっと指を当てて濡れた膣口に差し入れていった。彼女も拒まないので、ペニスでなければ入れても良いらしい。

中は熱く、さすがにきつい感じだが、潤いが豊富なので小刻みに擦る指の動きも滑らかになった。

さらに天井にあるGスポットの膨らみを軽く指の腹で圧迫すると、

「く……、変な感じ、オシッコ漏れそう……」

恵利が息を詰めて言うので、彼は指を引き抜いて顔を上げた。

「する?」

言いながらベッドを降り、洗面器を手にして戻った。夕方に会ったときから、もう数時間経っているから尿意も高まっているだろう。

すると恵利も身を起こし、ベッドに置いた洗面器にそろそろと跨がった。

「見ないで」

「でも、こぼさないように押さえていないと」

恵利は言ったが、文男は洗面器を両手で支え、彼女の股間を覗き込んだ。

「アア、出ちゃう……」

彼女が息を詰めて言うなり、割れ目からチョロチョロと流れがほとばしってきた。洗面器の外へ飛びそうになるのを調整し、次第に激しくなるせせらぎを聞きながら、放尿の様子に目を凝らした。

恵利は洗面器を跨いでしゃがみ込みながら、両手で顔を多い、身を強ばらせて早くすむのを待っているようだ。洗面器に注がれる音も、相当に恥ずかしいようである。

やがて流れは勢いを増したが、ピークを越えると急に衰え、間もなく流れは治まってしまった。

あとはポタポタと滴る余りの雫が、たまに内腿にも伝って流れた。

やはり男と違い筒がないから、割れ目全体がビショビショになるようで、これなら拭かないとならないと実感した。

ティッシュを渡すと彼女は受け取って割れ目を拭き、文男はこぼさないよう温かな液体の入った洗面器を持ってドアの脇に置いた。

恵利が拭いたティッシュを渡したので、彼は洗面器に投げ入れ、再び彼女を仰向けにさせて股間に顔を寄せた。

4

「あん、ダメよ、汚いから……」

股間に顔を埋めると、恵利が声を震わせた。文男が構わずかぐわしい恥毛に鼻を埋めて嗅ぎ、まだ湿っている割れ目内部を舐め回すと、

「アアッ……！」

羞恥が加わったためか、彼女はさっき以上に激しく喘いだ。

文男は淡く残る味を貪り、柔肉を舌で掻き回した。

するとオシッコの味わいが薄れ、新たに溢れた愛液で淡い酸味のヌメリが満ちてきた。

彼はもう指を入れず、舌でクリトリスだけを刺激してはヌメリをすすった。

さらに恵利の両脚を閉じて伸ばさせ、腰を抱えながら、小さな時計回りの一定のリズムで愛撫を続けた。

ネット情報だが、イカせるときは動きを変えず、同じリズムで愛撫しろとあったのだ。

たちまち恵利の全身が硬直し、

「い、いきそう、気持ちいい……」

朦朧《もうろう》として言いながら、次第にガクガクと狂おしい痙攣を開始したのだった。

「いく……、アアーッ……！」

恵利が声を上げ、何度も腰をよじって悶えた。

なおも執拗にクリトリスを舐め回していると、

「も、もうダメ……」

恵利が言って、必死に彼の顔を股間から追い出しにかかった。

やはり絶頂の直後は、果てた亀頭のように全身が過敏になっているのだろう。

ようやく文男も股間を這い出し、彼女に添い寝していった。

「アア、震えが止まらないわ……」

もう触れていないのに、恵利がいつまでも身をくねらせ、たまに思い出したようにビクッと全身を震わせた。

「気持ち良かった？」

「ええ……、すごく……」

訊くと、恵利もようやく痙攣を治め、呼吸を整えながら答えた。

そして彼女が、添い寝している文男の股間に触れてきたのである。

「ね、根津さんも脱いで見せて」

言うので、彼も興奮を高めて腰を浮かせ、トランクスを脱ぎ去ってしまった。

すると恵利が身を起こし、彼を大股開きにさせると真ん中に腹這い、顔を寄せてきたのである。

「変な形……」

恵利が熱い視線を注いで言う。

文男は、無垢な美少女に股間を見られながら、ヒクヒクと幹を上下させた。

「動いてる。先っぽが濡れてるわ……」

恵利が無垢な眼差しで囁き、とうとう指を伸ばしてきた。

先に彼女は陰嚢を撫で回し、二つの睾丸を確認してから、袋をつまみ上げて肛門の方まで覗き込んだ。

「ああ……」

無邪気な触れ方に彼は喘ぎ、さらに粘液を滲ませた。

いよいよ恵利は幹を撫で上げ、張り詰めた亀頭にも触れてきた。

「アア……、いきそう、少しでいいからお口で可愛がって……」

文男が興奮を高めていったが、

「出るところ見たいわ」

しかし恵利は舐めるのを拒んだ。

「じゃ指でして、こうして……」

文男も無理強いせず、再び恵利に添い寝させると、彼は美少女に腕枕してもらった。恵利は左腕で彼の頭を抱え込み、右手を伸ばして幹を包み込み、ニギニギと愛撫してくれた。

「ああ、気持ちいい……」

文男は、ぎこちない指の動きに喘いだ。慣れた風俗嬢と違い、好奇心いっぱいにあちこち触れるので、動きの予想がつかず、むしろ思いがけない部分が感じて新鮮な感覚が得られた。

顔を引き寄せて唇を求めると、恵利も上からピッタリと唇を重ねてくれた。

舌を挿し入れると、今度は恵利も歯を開いて侵入を許し、舌を触れ合わせてチロチロと蠢かせた。

美少女の舌は生温かな唾液に濡れ、滑らかにからみついて実に美味しかった。

彼女の熱い息が彼の鼻腔を湿らせ、恵利が下向きのためトロトロと清らかな唾液が注がれてきた。

「ンン……」

恵利も熱く鼻を鳴らし、ファーストキスによる舌の蠢きに集中すると、指の動きが疎かになった。せがむように幹をヒクつかせると、また彼女もニギニギと動かしてくれた。

「唾をもっと垂らして……」

口を離して言うと、

「そんなに出ないわ……」

さんざん喘いで口中が乾いているのか、恵利が答えた。

「酸っぱいレモンをかじることを考えて」

彼が言うと、恵利も懸命に唾液を分泌させてから、愛らしい唇をすぼめて迫った。そして白っぽく小泡の多い唾液を、ためらいなくグジューッと彼の口に吐き出してくれた。

それを舌に受けて味わい、彼はうっとりと喉を潤した。

「美味しいの？　味なんかないと思うけど」

「すごく美味しい。この世で一番清らかな液体……」

文男は答え、さらに彼女の口を開かせ、鼻を押し込んで熱気を嗅いだ。

口から吐き出される美少女の湿り気ある息は、やはり鼻から洩れる分より匂いが濃く、ミックスフルーツを食べた直後のように濃厚に甘酸っぱい刺激を含んで彼の鼻腔を掻き回してきた。

「なんていい匂い……」

「うそ、朝に歯磨きしたきりなのに」

「もっと強くハーして」

せがむと、恵利は羞じらいながらも開いた口で彼の鼻を覆い、熱い息を強く吐きかけてくれた。

「ああ……」

文男は甘酸っぱい匂いに酔いしれ、胸を満たして喘いだ。

「小さくなって、恵利ちゃんのお口に入ってみたい……」

文男は羞恥を覚えながら、初めて恵利ちゃんと呼んだ。

「それで？」

「細かく噛んで飲み込んで欲しい」

「食べられたいの？」

「うん、天使のような美少女の胃の中で溶けて、栄養にされたい」

「変なの」

恵利は言いながらも、指の愛撫を続けてくれた。

「恵利ちゃんは、誰かに似ていると思っていたけど、猫娘だね」

文男は気づいて言った。確かに髪型は違うが、やや吊り上がった目尻が、悪戯っぽく小悪魔的である。

「猫娘って、言われたことあったわ」

「そうだろう。僕はネズミ男だからね。猫娘は鬼太郎を好きだけど、心の底ではネズミ男を食べたいと思っているんだよ」

「そうかな、歯磨きも入浴もしない人なのに」

「僕は綺麗にしたからね、食べちゃいたいって言って」

文男は、美少女相手に好きなだけ願望を全開にして絶頂を迫らせた。

「食べちゃいたいわ」

「ああ、食べる真似して、お行儀悪く音を立てて、嚙んでもいいから」

さらにせがむと、恵利も彼の頰や鼻の頭に綺麗な歯並びを立て、咀嚼《そしやく》するように軽く嚙んでくれた。

しかも彼に言われた通り、クチャクチャと音を立てながら、歯による甘美な刺激を与えてくれた。

「ああ、気持ちいい、ゴックンして美味しいって言って」

言うと恵利も素直にコクンと息を吞み込み、

「美味しいわ」

甘酸っぱい息で囁いてくれた。

「い、いきそう……」

「指の動きは、こんな感じで大丈夫?」

「うん、何度もカミカミしてゴックンして、ゲップもしてみて」

「まあ、すごく臭かったらどうするの？」

「ギャップ萌えで、もっとメロメロになる」

言うと恵利も愛撫しながら、懸命に何度も息を呑み込み、とうとう彼の鼻に口を寄せ、ケフッと可愛らしいおくびを洩らしてくれた。

それは彼女本来の果実臭に、発酵したオニオン臭も混じって濃厚に彼の鼻腔を刺激してきた。どんな美少女でも、やはり胃の中は生臭い発酵臭が満ちているのだろう。

胸を満たした途端、文男は大きな絶頂の快感に貫かれてしまった。

5

「い、いく、気持ちいい……、アアッ……！」

文男がガクガクと身悶えながら喘ぎ、熱い大量のザーメンをドクンドクンと勢いよくほとばしらせると、

「あっ……」

恵利は目を向けて声を洩らし、脈打つように激しい射精の様子を見つめた。

それでも指の動きは続行してくれ、彼は心ゆくまで快感を味わうことが出来たのだった。

「すごい勢い……」

恵利が幹を揉みながら嘆息した。

飛び散ったザーメンは彼の胸から腹を濡らし、徐々に勢いをなくしていった。

「ああ……、もういい、ありがとう……」

彼はすっかり満足して言い、グッタリと身を投げ出した。激しすぎる快感に、余韻の中でいつまでも荒い息遣いと動悸が治まらなかった。

ようやく恵利もペニスから指を離し、ティッシュを手にしてから、濡れた自分の指と、彼の肌を濡らしたザーメンを拭ってくれた。

「アア……、恵利ちゃんの胃の中の匂いでいっちゃった……」

「嫌な匂いだったでしょう。あんなことさせるなんて……」

言うと、恵利も今さらながら自分のはしたない行為に羞恥を覚えているように答えた。

そして彼女はペニスに顔を寄せ、まだ余りの雫を滲ませている尿道口に鼻を迫らせて嗅いだ。

「生臭いわ。これが生きた精子なのね……」

恵利は言うなり、濡れた先端をチロッと舐めてくれたのだ。

「あう……!」

文男は電気に痺れたように、ビクッと過敏に反応して呻いた。

しかし恵利も、味わっただけですぐに顔を上げた。

「味はあまりないのね。だんだん柔らかくなってきたわ」

「し、しばらく触らないで……」

また幹をいじられ、彼は腰をくねらせて降参した。

「そう、さっきの私みたいに、いったあとは触られたくないのね。今は嫌らしい思いも消えて、賢者タイムって言うんでしょう?」

「あ、ああ、よく知ってるね……」

文男はようやく呼吸を整え、身を起こしてベッドを降りた。

「どうする? シャワーを浴びたい?」

「それは、根津さんが決めて。私は囚われの身なのだから」

訊くと、恵利が答えた。

「そう、じゃもう少し我慢していて。もっと濃い匂いも知りたいので」

彼は言い、互いの脱いだものと洗面器を持って部屋を出た。

そして服や下着を起き、洗面器の中身を少しだけ舐めて味わってからトイレに捨て、再びシャワーを浴びながら洗面器を洗った。

洗面器を伏せて乾かし、身体を拭いてから、あらためて恵利のソックスやショーツを嗅ぐと、たちまち彼自身はムクムクと回復してきた。

ソックスの爪先には蒸れた匂いが沁み付き、裏返したショーツの中心部に目立ったシミは認められず、抜けた恥毛などもないが、食い込みの縦ジワに鼻を埋めて嗅ぐと、やはり蒸れた汗の匂いと悩ましいチーズ臭が沁み付いて鼻腔が刺激された。

もうペニスは、すっかり元の硬さと大きさを取り戻した。

元より一回の射精で気がすむはずもない。

まして毎日オナニーで二度三度と抜いているのだし、今はとびきりの美少女が全裸の生身でいるのだ。

やがて文男は、自分と彼女の下着や靴下を洗濯機に入れ、洗面器の湿り気を拭いてから奥の部屋に戻った。

恵利は、また眠り込んでいるようだ。

実に、猫のようによく眠れるたちらしい。

文男は洗面器を床に置き、添い寝して肌を密着させた。

「あ……」

すぐに恵利も目を覚ました。

「まあ、こんなに勃《た》ってるわ。もう賢者タイムはすんだの？」

「うん、もう一回出しておかないと眠れない」

文男は美少女に甘えるように身を寄せて言い、寝起きで濃くなった恵利の吐息を嗅いでゾクゾクと興奮を高めた。

「じゃ、出るところは見たので、お口でしてあげる」

「ほ、本当？」

「ええ、いいわ」

彼女は答え、身を起こして文男の股間に顔を移動させた。

文男も仰向けになり、彼女の顔の前で大股開きになった。

すると恵利は、何と彼の両脚を浮かせるなり、まず尻の谷間に舌を這わせてきたのである。

チロチロと肛門が舐められ、ヌルッと潜り込むと、

「あう……！」

文男は妖しい快感に呻き、思わず味わうようにモグモグと肛門で美少女の舌先を締め付けた。

恵利も厭《いと》わず、熱い鼻息で陰嚢をくすぐりながら、内部で舌を蠢かせた。

屹立したペニスは、まるで内側から刺激されるようにヒクヒクと上下して粘液を滲ませた。

ようやく彼女が舌を引き離し、脚を下ろすと、すぐ鼻先にある陰嚢にしゃぶり付いた。二つの睾丸を舌で転がし、袋全体を生温かな唾液にまみれさせた。

そして恵利は前進し、ペニスの裏側をゆっくり滑らかに舐め上げてきたのだ。

先端まで来ると、幹に指を添え、粘液の滲む尿道口をチロチロと舐め、張り詰めた亀頭をくわえた。

そのままスッポリと喉の奥まで呑み込み、熱い鼻息で恥毛をそよがせた。

幹を締め付けて吸うと、上気して笑窪の浮かぶ頬がすぼまった。

口の中ではクチュクチュと舌がからみつき、たちまち彼自身は温かく清らかな唾液にどっぷりと浸った。

「ああ、気持ちいい……」

文男は、まるで美少女のかぐわしい口に全身が含まれ、唾液にまみれて舌で転がされているような快感に喘いだ。

思わずズンズンと小刻みに股間を突き上げると、

「ンン……」

喉の奥を突かれた恵利が小さく呻き、新たな唾液をたっぷり溢れさせると、自分も顔を上下させ、濡れた口でスポスポと強烈な摩擦を開始してくれた。

たまに、ぎこちなく触れる歯の刺激も実に新鮮である。

二回目の射精だというのに、限界はたちまち迫った。

「い、いく……、アアッ……！」

文男は激しすぎる快感に腰をよじって喘ぎ、無垢な美少女の口を汚すという奇談の思いも加わり、ありったけの熱いザーメンをドクンドクンと勢いよくほとばしらせてしまった。

「ク……」

喉に直撃を受け、恵利は小さく呻いて眉をひそめたが、なおも摩擦と吸引は続行してくれた。

「ああ……、いい……」

文男は射精しながら喘ぎ、心置きなく最後の一滴まで出し尽くしてしまった。すっかり満足しながらグッタリと力を抜き、身を投げ出すと彼女も摩擦運動を止めてくれた。

そして恵利は亀頭を含んだまま、口に溜まったザーメンをゴクリと一息に飲み干してくれたのである。

「あう……」

喉が鳴ると同時に口腔がキュッと締まり、彼は駄目押しの快感に呻いた。

ようやく恵利もチュパッと軽やかな音を立てて口を離すと、なおも余りを絞るように幹をしごき、尿道口に脹らむ白濁の雫までチロチロと丁寧に舐め取ってくれたのだった。

「く……、も、もういい、ありがとう……」

文男は腰をよじって呻き、ヒクヒクと過敏に幹を震わせた。ここまでしてくれるのに、挿入だけダメというのも不思議だった。

恵利は、チロリと舌なめずりして添い寝してきた。

「全部飲んじゃったわ。これでぐっすり眠れそう?」

「あ、ああ……」

「寝るのは私のお部屋でお願い」

　恵利が言う。いつでもどこでも眠れる癖《くせ》に、やはり一晩中一緒というのは気詰まりなのかも知れない。

「うん、じゃおやすみ。また明日……」

　呼吸を整えた文男は言い、全裸で部屋を出た。

　そして恵利の寝室に入るとベッドに横になり、枕に沁み付いた美少女の匂いを感じながら余韻を味わい、今日あった幸運をあれこれ思い出しながら眠りに就いたのだった……。

第二章　女教師の性癖

1

（あれ、ここは……？）

翌朝、文男は物音に目を覚ました。もう日が昇りはじめたばかりの頃で、彼はあらためて少女の寝室内を見回した。

そう、彼は恵利の寝室で一晩眠ったのである。

それにしても、何の物音だろうか。

文男は全裸のままベッドを降り、音のする方を見てみた。すると何と、洗面所にある全自動洗濯機が作動しているではないか。脱水と乾燥まで、まだ何時間もかかりそうである。

「え、恵利ちゃん、これは一体……」

文男は声を出し、奥の部屋を見にいった。

するとベッドはもぬけの殻、外された首輪が転がっているだけではないか。

(え……?)

あるのは空の洗面器と、美少女の残り香だけだ。

リビングに戻ると、彼が置いた場所に首輪のキーが置かれている。急いでバストイレ、勉強部屋も見て回ったが、恵利の姿はどこにも無かった。

「ど、どうしよう……」

自分で首輪を外して洗濯機を作動させ、そのままどこかへ行ってしまったのだろうか。

とにかく洗濯が終わるまで、全裸のままというわけにもいかないので、彼は洗っていないズボンだけ下着なしで穿き、寝室にあった恵利の可愛いトレーナーを羽織った。少々きつくて伸びてしまうかも知れないが、何も着ないよりはましである。

外だろうかと思い、玄関に行った。

素足に自分のスニーカーを履いてドアを見ると、ロックされて内側からのチェーンもかかっている。

これでは、誰かが外から掛けるのは不可能だ。それなのに、室内に恵利の姿はない。

中に戻りベランダに出て見ると、隣家との境にフェンスがあった。

非常用に蹴破ることも出来るだろうが、まずは手すりから身を乗り出し、フェンス越しに隣家の方を見てみた。

窓は閉ざされ、カーテンが閉まっている。もちろん運動音痴の彼は、柵の外に出て隣家へ伝って移動するなど、考えただけでも陰嚢が縮まる。六階から下を見れば、目がくらむようだった。

第一、隣人に何と説明すれば良いのだ。

彼はもう一度、各部屋をくまなく探してから玄関に戻った。

そしてチェーンとロックを外し、ノブを回した。

しかし、スチール製の分厚いドアはびくとも動かないではないか。魚眼レンズを覗いてみても、壁が見えるだけである。

あるいは、ドアと壁の間に棒でも置かれているのではないか。

（か、監禁された……？）

文男は思った。

昨夕は、本屋に出かけただけだからスマホも持っていかなかったのだ。

室内に電話はなく、恵利の学生カバンやスポーツバッグを探ってもスマホなどは入っていなかった。ノートパソコンもワープロとして使っているようで、ネットには接続されていない。

どうやら完全に閉じ込められ、外との連絡が付かなくなっていた。

とにかく服の乾燥が終わるのを待とうと思った。そして空腹を覚えたのでキッチンに行き、レトルトシチューを温め、ロールパンがあったので食べ、冷蔵庫にあった牛乳を飲んだ。

腹が満たされると少し落ち着き、彼は昨日あったことを一つ一つ思い返し、トイレで大小の用を足し、玄関ロックとチェーンを再び掛けた。

もう一度、ベッドの下から戸棚まで全て見たが、やはり恵利の姿はない。

（まさか、幻だったなんてことは……）

文男は思い、シャワーを浴びて歯磨きをした。まだ、洗濯と乾燥はだいぶかかりそうである。

身体を拭き、全裸のまま彼がリビングに戻ると、何とソファには、白いブラウスに長い黒髪の女性が座っているではないか。恵利が猫娘なら、これは季節外れだが雪女を思わせる。

「ひいいい……！」

驚いた文男は奇声を発し、全裸のまま腰を抜かした。

「あらあら、そんなに驚くことないでしょう、根津君」

彼女が言い、テーブルに置いていたメガネを掛けた。

「ま、真沙江先生……」

文男は息を弾ませ、全裸のため慌てて股間を押さえながら言った。

そう、彼女こそ文男が去年、教育実習に行っていた頃に世話になった先輩で独身の国語教師、高田真沙江であった。

二十九歳で、確かこのマンションのオーナーと聞いている。

「ど、どうしてここに……」

「隣が私の部屋なのよ。しかも六階は二世帯住宅用に作られてるので、通路があるの」

「そ、そうだったんですか……」

密室の謎も解けて、彼はほっと胸を撫で下ろした。

してみると、納戸のドアと思っていたのは隣家との通路で、施錠されていたので確認できなかったのである。

「じゃ、恵利ちゃんも隣に？」

「ええ、あとで戻ってくるわ。監禁ゲームは続いているので」

真沙江が言う。

「け、継続しているのなら変なお願いだけど、隣で恵利ちゃんにはシャワーや歯磨きはさせないで……」

「ええ、分かってるわ。限界まで匂いの濃度を上げたいのでしょう」

彼女が笑みを浮かべて言った。文男は美人の真沙江で、前から妄想オナニーのお世話になったが、今はさらに妖しい神秘的な魅力が増していた。

「どうして僕の性癖を……」

「昨日、全部見ていたから。奥の部屋のエアコン脇に隠しカメラが設置されているの」

「え……」

してみると全ての出来事は、彼女が隣からモニター越しに覗いていたようだ。

「ど、どうしてそんな……」

「私の性癖ということでいいでしょう。それにしても、挿入を我慢したのは偉いわ。もっともそれ以外に、したいことが山ほどあったようだから」

真沙江が切れ長の目で、レンズ越しに彼を見つめて言う。

してみると、彼は格好の人間観察の対象に選ばれ、恵利のみならず真沙江の好奇心も満たしていたようだった。

「恵利は私にとっても特別な子で、前から何かと個人的な相談に乗ってきたの。とにかく、そこらの顔がいいだけのダメ男には処女をあげないようにって」

「じゃ、やはり僕が恵利ちゃんと出会ったのは偶然じゃなくて……」

「ええ、ダサいけど優しくて、好意を持たれたからといって急に図々しくなるタイプではないし、初体験の相手には最適だと判断したわ」

では、いつか恵利に挿入して処女が貰えるらしい。

「僕を最適と判断したのは、真沙江先生ですか」

「ううん、最初は恵利が言い出して、それならと私も納得したの。どういうわけか、実習中から恵利は根津君が気に入っていたようだから」

本当に、どういうわけかと思うが、あんな美少女が自分のようなダサい男に好意を持つことも、奇蹟として起こりうることなのだろう。

「それなら、もっと早く再会したかった……」

「恵利の両親がアメリカに行って、彼女をここに住ませるようにしたので、急に計画が実現化したのよ。恵利は囚われのお姫様になりたいという性癖があって、私もまた覗きたい願望があるし、今回の十日間の休みも最適だったわ」

結局、監禁されたのは文男の方だったのだ。

とにかく全裸なので、文男は股間を押さえながらもムクムクと勃起してきてしまった。何しろ憧れのお姉さんは目の前にいるし、際どい赤裸々な性癖を話し合っているのである。

「それで、どうして恵利ちゃんはいったん隣に……？」

「昨日の様子を見て、私が欲情したから。挿入できないで可哀想だし、どうせなら私が君の童貞を頂きたいと思ったので」

「ほ、本当ですか……」

思わず股間から手を離すと、ピンピンに勃起したペニスがぶるんと急角度にそそり立った。

まあ素人童貞なのだが、細かなことは言わなくて良いだろう。そして恵利も、ギリギリまで愛撫をし合って文男の全てを見極め、いよいよその気になったら挿入させてくれるようだった。

「ええ、それに恵利も洗面器に大の用は足せないようだし。じゃ奥の部屋に」

真沙江が言って立ち上がり、ブラウスのボタンを外しながらリビングを出た。

文男も、急激な興奮に胸を高鳴らせて従った。

奥の部屋に入ると、真沙江はベッドにある首輪を床に置き、ためらいなく脱ぎはじめていった。

すでに全裸の文男はベッドに横になり、脱いでゆく真沙江を見つめた。

ブラウスを脱ぎ去ってスカートが下ろされ、みるみる白く滑らかな肌が露わになるにつれ、美少女の匂いの籠もる部屋に、さらに大人の女性の体臭が生ぬるく混じりはじめていった。

2

（ああ、とうとう真沙江先生とまで……）

文男は、期待と興奮に胸を高鳴らせて思った。

これなら半月ばかりの教育実習の体験は、例え教員を断念しても、充分過ぎるほど元が取れたことになる。

真沙江も最後の一枚を脱ぎ去り、向き直ると、外したメガネを枕元に置いて添い寝してきた。

ほっそりして見えたが意外に着痩せするたちなのか、乳房は巨乳と言っていいほど豊かで、ウエストがくびれて腰のラインも豊満だった。

彼氏がいるかどうか分からないし、少々恵利に対してレズっぽい好意も持っているようだが、そんなことは追い追い分かるだろう。今は目の前の美女に専念することにした。

「あ、メガネは掛けて下さい」

「メガネの女が好きなの?」

「見慣れていた顔が好きなので」

彼が言うと、真沙江も全裸にメガネだけ掛けてくれ、いつもの教師らしい知的で上品な顔に戻った。

「恵利にしたのと同じことをして」

真沙江が言い、仰向けの受け身体勢になった。長い黒髪が白いシーツに映え、甘ったるい匂いが漂った。

文男は豊かな胸の膨らみに屈み込み、チュッと乳首を含んで舌で転がし、もう片方にも指を這わせて乳首を探った。

「アア……」

すぐにも真沙江は顔を仰け反らせ、熱く喘ぎはじめた。昨夜の、彼と恵利との行為を覗き見て、期待も高まっているのだろう。

文男は乳首を舐めながら、恵利より豊かな膨らみに顔を埋め込んで張りを味わい、もう片方の乳首も念入りに吸った。

ほんのり汗ばんだ胸元や腋から、甘ったるい匂いが漂ってるので、最後の入浴は昨夜というところだろう。

両の乳首を充分に味わうと、文男は真沙江の腕を差し上げ、生ぬるく湿った腋の下に鼻を埋めた。スベスベの腋には、甘ったるい濃厚な汗の匂いが沁み付いて鼻腔を掻き回してきた。

文男は胸を満たし、舌を這わせると、

「あう……」

真沙江は、恵利のようにくすぐったそうに呻いて身を強ばらせた。

味わってから肌を舐め降り、形良い臍を舌で探ってから、恵利にしたように張りのある下腹に顔を埋めて弾力を味わった。

案外硬いので、文化系に見えるがスポーツもしていたのかも知れない。

股間の茂みは逆三角の程よい範囲に茂っているが、やはり肝心な部分は最後に取っておきたい。

文男は腰のラインからスラリとした長い脚を舐め降り、足首まで行って足裏に回り込んだ。

踵から土踏まずを舐め、揃った足指の間に鼻を擦り付けて嗅ぐと、やはりそこは汗と脂に湿り、蒸れた匂いが沁み付いていた。

（ああ、真沙江先生の足の匂い……）

文男は感激と興奮の中で匂いを貪り、美少女に対するときとは違い、年上のお姉さんを隅々まで味わった。

充分に匂いを嗅いでから爪先にしゃぶり付き、順々に指の股に舌を割り込ませて味わうと、

「く……」

真沙江が息を詰めて呻き、彼の口の中で唾液にまみれた指を縮めた。

すでに昨夜の一部始終を見ているから、何をされるか予想も付き、驚いたり拒むようなことはなかった。

文男は両脚とも、足指を貪って味と匂いを吸収し尽くした。

そして彼女をうつ伏せにさせると、文男は再び踵を舐めた。

わずかに治りかけた靴擦れの痕があったので、この春に新しい靴でも買ったのだろう。

その癒えかけた両の傷を舐め回し、アキレス腱から脹ら脛を舐め上げた。

汗に湿ったヒカガミも色っぽく、さらに滑らかな太腿から尻の丸みを舐め上げていった。

もちろん尻の谷間は後回しで、彼は腰から白く滑らかな背中を舐めていくと、やはり淡い汗の味が感じられた。

「アア……、くすぐったくて、いい気持ち……」

真沙江が顔を伏せて喘ぎ、やはり恵利のように背中も感じるようだった。

長い髪に鼻を埋めて嗅ぎ、掻き分けて耳の裏側の蒸れた匂いも貪った。

そしてうなじから背中を舐め降り、うつ伏せのまま彼女の股を開かせ、腹這いになって白い尻に顔を迫らせた。

指で谷間を広げると、ピンクの蕾は僅かにレモンの先のように突き出た艶めかしい形をしていた。

全く、どんな美女でも脱がせないと分からないものである。

清楚な美人教師の肛門が、こんなにも興奮をそそる形状とは、男子生徒の誰も知らないだろう。

谷間の蕾に鼻を埋め込むと、顔じゅうに弾力ある双丘が心地よく密着した。

蒸れて籠もる匂いを貪り、舌を這わせて蕾を濡らし、ヌルッと潜り込ませると滑らかな粘膜に触れた。

「あう、変な気持ち……」

真沙江は呻き、拒まず味わうようにモグモグと肛門で舌先を締め付けた。

文男も舌を蠢かせ、微妙に甘苦い粘膜を探った。

やがて顔を上げ、再び彼女を仰向けにさせると、片方の脚をくぐって股間に迫っていった。

ムッチリとした張りを持つスベスベの内腿を舐め上げ、中心部に目を遣ると、割れ目は驚くほど大量の愛液にヌラヌラと熱く潤っていた。

指で陰唇を広げると、息づく膣口からは白っぽく濁った本気汁も滲み、包皮を持ち上げるように突き立つクリトリスは何と、親指の先ほどもある大きなものだった。

これも、着衣の外見からは想像もつかない艶めかしさである。

「クリが大きいでしょう……」

彼の熱い視線を感じた真沙江が言った。

「ええ」

「いっぱい舐めて……」

真沙江が大胆にせがみ、文男も顔を埋め込んでいった。

黒々と艶のある茂みに鼻を擦りつけて嗅ぐと、蒸れた汗とオシッコの匂いが鼻腔を掻き回してきた。恵利のようなチーズ臭はなく、むしろ磯の香りに近い感じである。

（これが、真沙江先生の匂い……）

文男は、風俗嬢では感じられなかったナマの匂いを貪り、割れ目に舌を這わせていった。

差し入れて膣口の襞を掻き回すと、淡い酸味のヌメリがすぐにも舌の蠢きを滑らかにさせた。柔肉をたどって大きなクリトリスまで、ゆっくり味わいながら舐

め上げていくと、

「アァッ……！」

真沙江が身を弓なりに反らせて喘ぎ、内腿でキュッときつく彼の顔を挟み付けてきた。

文男はもがく腰を抱え込みながら、チロチロと舌先で弾くようにクリトリスを舐め、大きいので乳首のようにチュッと吸うことも出来た。

「ああ、いい気持ち……、嚙んで……」

興奮を高めた真沙江が喘ぎながら言う。どうやらソフトタッチより、強い刺激の方が好みなのかも知れない。

彼は上の歯で完全に包皮を剝き、露出した突起を前歯で軽く小刻みに嚙み、さらに舌も蠢かせた。

「あう、いい、もっと強く……！」

真沙江が内腿に力を込めて呻き、彼もやや力を入れてクリトリスを舌と歯で愛撫してやった。愛液の量も格段に増し、彼はヌメリをすすっては執拗にクリトリスを刺激した。

すると彼女が半身を起こし、

「い、いきそうよ……、今度は私が……」

言って彼の顔を股間から追い出しにかかった。

文男も素直に顔を離して添い寝すると、彼女が移動していった。

彼が仰向けになると真沙江が顔を寄せ、粘液の滲む尿道口にチロチロと舌を這わせ、張り詰めた亀頭をしゃぶり、モグモグとたぐるように喉の奥まで呑み込んでいった。

温かく濡れた美人教師の口腔に根元まで含まれ、彼は快感に幹を震わせた。

「ンン……」

真沙江も熱い鼻息で恥毛をそよがせ、幹を締め付けて吸い、口の中ではクチュクチュと満遍なく舌をからめてくれた。

そして彼が危うくなる前に、スポンと口を離すと身を起こして前進し、女上位で跨がってきたのである。

3

「いい？　入れるから、なるべく長く我慢して」

真沙江は文男を見下ろして言い、唾液に濡れた先端に割れ目を押し当て、擦りながら位置を定めた。そして息を詰め、童貞と思っているので初物を味わうようにゆっくり腰を沈み込ませてきたのだった。

たちまち屹立した彼自身は、ヌルヌルッと滑らかな肉襞の摩擦を受けながら根元まで呑み込まれていった。

「アア、いい……」

ピッタリと股間を密着させて座り込んだ真沙江が顔を仰け反らせて熱く喘ぎ、キュッキュッときつく締め上げてきた。

文男も、あまりの快感に懸命に肛門を引き締めて暴発を堪えた。

やはり風俗の初体験では初対面の女性だったから、とにかく無事にすませることだけ優先し、あまり味わえなかったものだ。

それが今は、先輩教師のメガネ美女と一つになれたのである。

温もりと潤い、味わうような収縮が何とも心地よく、少しでも動いたら漏らしてしまいそうだった。

上体を起こしていた真沙江も、何度かグリグリと股間を擦り付けてから、やがてゆっくりと身を重ねてきた。

文男が下から両手を回して抱き留めると、胸にキュッと巨乳が押し付けられて弾んだ。

「膝を立てて。激しく動くと抜けてしまうから……」

真沙江が言い、彼も素直に両膝を立てて豊満な尻を支えた。

彼女が近々と顔を寄せてくると、長い髪が左右からサラリと流れて視界が薄暗くなり、内部に彼女の熱い息が籠もった。

そのままピッタリと唇が重ね合わされ、心地よい弾力と湿り気が伝わった。

すぐにも彼女の長い舌がヌルリと潜り込み、彼も歯を開いて受け入れ、チロチロと舌をからめた。

互いに局部を舐め合い、一つになった最後の最後でキスするというのも何やら乙なものだった。

「ンン……」

真沙江が熱く呻いて彼の鼻腔を湿らせ、滑らかな舌が執拗に蠢いて唾液が注がれた。やはり昨日の映像を見て、彼が好むと知っているようで、殊更多めに唾液を垂らしてくれた。

文男も生温かく小泡の多い美女の唾液を味わい、うっとりと喉を潤した。

舌をからめながら、徐々に真沙江が腰を動かしはじめた。

彼も暴発に気をつけながら、徐々にズンズンと股間を突き上げると、何とも心地よい摩擦とヌメリが彼自身を包み込んだ。

「アア……、いきそうよ……」

真沙江が口を離し、淫らに唾液の糸を引きながら喘いだ。

口から吐き出される息は熱く湿り気を含み、花粉のような刺激が鼻腔を搔き回してきた。

息の匂いを嗅ぐと、セーブしようという気も薄れ、いったん動くとあまりの快感に突き上げが止まらなくなってきた。

彼女も収縮と潤いを増しながら律動するので、たちまち互いの動きが一致し、いつしか股間をぶつけ合うほど激しいものになっていった。

文男は快感に任せ、彼女の喘ぐ口に鼻を押し込み、濃厚な花粉臭の息で胸をいっぱいに満たした。

すると真沙江もヌラヌラと舌を這わせ、彼の鼻の穴を濡らしてくれた。

「い、いきそう……」

「待って、もう少し……」

彼が降参するように言うと、真沙江は大きな波を待ちながら答え、なおも腰を動かし続けた。

もう限界が来て、彼は我慢しきれずに昇り詰めてしまった。

「い、いく……、気持ちいい……!」

突き上がる大きな絶頂の快感に口走りながら、熱い大量のザーメンをドクンドクンと勢いよくほとばしらせると、

「あ、熱いわ……、アアーッ……!」

奥深い部分に噴出を感じた真沙江も、声を上ずらせてガクガクと狂おしい痙攣を開始した。どうやら彼の射精を受けて、オルガスムスのスイッチが入ったようだった。

収縮も最高潮になり、文男は心ゆくまで快感を嚙み締め、最後の一滴まで出し尽くしてしまった。

そして今こそ、本当に童貞を捨てたのだという実感が湧いた。

すっかり満足しながら力を抜き、徐々に突き上げを弱めていくと、

「ああ……」

彼女も、辛うじて絶頂を一致させ、満足げに声を洩らして体重を預けてきた。

まだ膣内は名残り惜しげな収縮が繰り返され、刺激されたペニスが内部でヒクヒクと過敏に跳ね上がった。

「あう、もう暴れないで……」

真沙江も敏感になっているように呻き、幹の震えを抑え付けるようにキュッときつく締め上げてきた。

彼は美女の重みと温もりを受け止め、花粉臭の吐息で鼻腔を刺激されながら、うっとりと快感の余韻に浸り込んでいった。

真沙江も、すっかり力を抜いてもたれかかり、彼の耳元で荒い息遣いを繰り返している。

「中に出して大丈夫だった……?」

「ええ、ピル飲んでるし、恵利にもあげているからナマで大丈夫よ……」

聞くと、真沙江が呼吸を整えながら答えた。

そして彼女がゆっくり股間を引き離すと、

「バスルームへ行きましょう」

ティッシュの処理を省略してベッドを降りたので、文男も身を起こして一緒に部屋を出た。

バスルームに入ると真沙江はメガネを外し、ヘアクリップで長い髪をまとめたので、何やら初対面の全裸美女を見るようだった。

シャワーの湯を出して互いに股間を洗い、湯を弾く脂の乗った肌を見ているうち、すぐにも彼自身はムクムクと回復していった。

「ね、ここに立って」

文男は床に座って言い、目の前に真沙江を立たせた。そして片方の足を浮かせてバスタブのふちに乗せ、開いた股間に顔を埋めた。

洗ったので匂いは薄れてしまったが、舐めると新たな愛液が溢れてきた。

やはり真沙江も、まだまだ淫気がくすぶっているのだろう。

「オシッコして……」

文男は、恥ずかしい願望を口にした。

「いいの？　顔にかかるわよ」

すると真沙江もさして驚かず、彼の顔に股間を突き出した姿勢のまま、息を詰めて下腹に力を入れ、尿意を高めはじめてくれた。

期待と興奮で、彼自身は急激に元の硬さと大きさを取り戻してしまった。

舐めていると、奥の柔肉が迫り出すように盛り上がり、急に味わいと温もりが変化した。

「あう、出るわ……」

真沙江が言うなり、チョロチョロと熱い流れがほとばしってきた。

それを舌に受け止めると、恵利のように味も匂いも実に控えめで心地よく、恐る恐る飲み込んでみると、薄めた桜湯のように抵抗が無かった。

「アア……」

真沙江は勢いをつけて放尿しながら喘ぎ、ガクガクと膝を震わせた。

口から溢れた分が温かく胸から腹に伝い流れ、勃起したペニスが心地よく浸された。

それでもピークを過ぎると急に勢いが衰えて、間もなく流れが治まってしまった。彼は残り香の中で滴る雫をすすり、新たな愛液の溢れた割れ目内部を舐め回した。

「も、もういいでしょう。続きは部屋で……」

真沙江が足を下ろして言い、再び互いの全身にシャワーの湯を浴びせた。

どうやら、彼女もまだする気らしい。

身体を拭くと、真沙江はメガネを掛けて髪を下ろし、文男と一緒に部屋に戻った。そして真沙江は彼を仰向けにさせ、また念入りにおしゃぶりして肉棒をたっぷりと唾液にまみれさせてくれた。

「ああ、気持ちいい……」

文男もすっかり高まり、彼女の口の中で最大限に膨張した。

すると真沙江がスポンと口を引き離し、ベッドに四つん這いになり、白く豊満な尻を突き出してきたのだった。

4

「恵利とする前に、いろんな体位を試してみるといいわ。最初はバックから」

真沙江が言い、艶めかしく尻をくねらせるので、文男も膝を突いて股間を進めていった。

バックから先端を膣口にあてがい、感触を味わいながらゆっくり挿入していると、ヌルヌルッと滑らかに根元まで吸い込まれた。

「アア……」

顔を伏せた真沙江が喘ぎ、黒髪を散らして白い背中を反らせた。

股間を押しつけると、尻の丸みが密着して心地よく弾み、これがバックスタイルの快感かと彼は思った。

文男は彼女の背に覆いかぶさり、両脇から回した手で巨乳を揉みしだき、髪の匂いを嗅ぎながらズンズンと腰を前後させはじめた。

射精したばかりなので、少々動いても暴発の心配はない。

真沙江も潤いと収縮を高め、艶めかしく腰をくねらせていた。

しかし、やはり顔が見えず、唾液や吐息が感じられないのが物足りないので、彼は股間に当たる尻の感触だけ嚙み締めると、やがて身を起こしてヌルッと引き抜いた。

「あう……」

快楽を中断されて呻き、真沙江は支えを失ったように突っ伏した。

すると彼女は横向きになり、上の脚を真上に差し出したのだ。

「今度は横から」

言われて文男は迫り、彼女の下の内腿に跨がって再び挿入し、差し上げられた脚に両手でしがみついた。

「ああ、気持ちいい……」

彼は快感に喘ぎ、初めての松葉くずしの感触を味わった。

股間が交差しているので密着感が高まり、腰を動かすと局部のみならず、互いの内腿が滑らかに擦れ合った。

実に新鮮な感覚だが、やはりまだ顔が遠い。

文男は何度か動いてから引き抜くと、彼女が仰向けになった。

「もう抜かないで」

真沙江が言い、大股開きになったので、仕上げは正常位で股間を進め、みたびヌルヌルッと根元まで挿入した。

「アアッ……、いいわ、奥まで感じる……」

真沙江が顔を仰け反らせて喘ぎ、両手を伸ばして彼を抱き寄せた。

文男も脚を伸ばして身を重ね、胸で巨乳を押しつぶしながら膣内の温もりと感触を味わった。

彼女も両手を回して抱き寄せ、キュッキュッと膣内を上下に締め付けた。

そういえば膣内が上下に締まることも、あらためて実感した。つい陰唇を左右に広げるので、内部も左右に締まると思っていたが、確かにペニスも上下に動くので、筋肉の造りからしてこういうものなのだろう。

今さらこんなことに気づくのも、ほとんど童貞だったからなのだ。

まだもったいないので動かず、文男は上から顔を寄せてピッタリと唇を重ねていった。柔らかな感触と唾液の湿り気を味わい、舌を挿し入れて綺麗な歯並びを左右にたどると、

「ンン……」

真沙江も熱く鼻を鳴らし、彼の鼻腔を息で湿らせながら、歯を開いて受け入れてくれた。

ネットリと舌をからめると、彼女がズンズンと股間を突き上げはじめた。合わせて文男も腰を動かし、何とも心地よい摩擦と締め付けを味わった。

さすがにジワジワと二度目の絶頂が迫ってきたが、上になっていると動きに緩急が付けられ、危うくなるとセーブして動き、少しでも長く保つことを学びはじめたのだった。

そしてネットで覚えた動き、すなわち浅く動いてたまにズンと深く突くという九浅一深というリズムを繰り返すと、暴発を押さえることが出来た。

「アア……、すごいわ、上手よ……」

真沙江が口を離して喘ぎ、大量の愛液を漏らして動きを滑らかにさせた。

ピチャクチャと淫らに湿った摩擦音が響き、揺れてぶつかる陰嚢も熱いヌメリにまみれた。

文男は彼女の喘ぐ口に鼻を押し込み、熱く濃厚な花粉臭の吐息で胸を満たしながら、もう保たせるテクも吹き飛び、いつしか股間をぶつけるように激しく律動していた。

恥毛が擦れ合い、コリコリする恥骨の膨らみまで伝わってきた。

「い、いっちゃう……、アアーッ……！」

たちまち真沙江が声を上げ、ガクガクと腰を跳ね上げ、ブリッジするように身を反り返らせてオルガスムスに達したようだ。

文男の全身も跳ね上げられ、まるで暴れ馬にしがみつく思いで抜けないよう動き続けると、とうとう彼も続いて絶頂に達してしまった。

「く……！」

突き上がる快感に呻き、ありったけの熱いザーメンをドクンドクンと勢いよく注入すると、

「あう、もっと……！」

噴出を感じ、駄目押しの快感を得たように真沙江が呻き、ザーメンを飲み込む

ようにキュッキュッときつい収縮を繰り返した。

文男は心ゆくまで快感を嚙み締め、最後の一滴まで出し尽くすと、徐々に動きを弱めながら体重を預けていった。

「アア、すごく良かったわ……」

真沙江も肌の強ばりを解きながら満足げに言って身を投げ出し、どうやら合格点が貰えたようだった。

まだ膣内が収縮し、中で幹がヒクヒクと過敏に震えた。

そして彼は真沙江の熱くかぐわしい息を胸いっぱいに嗅ぎながら、うっとりと快感の余韻を味わったのだった。

ふと彼は視線を感じて顔を上げると、エアコンの脇に設置された小型カメラのレンズがあった。

(恵利に見られていたか……)

彼は思い、恵利が嫉妬してもう会ってくれないのではないかと心配になった。

すると、そんな気持ちを察したように真沙江が言った。

「恵利なら大丈夫。きっと私のように大きく感じることへの期待の方が大きいわ」

「そう、それならいいけど……」

文男は答え、やがてそろそろと身を起こして股間を引き離した。

すると真沙江も起き上がったので、またすぐバスルームへ行って、シャワーの湯で互いの全身を洗い流したのだった。

そして身体を拭くと、もう満足したように真沙江が身繕いをし、いつしか乾燥の終わっていた洗濯機から衣類を取り出して干した。

文男も、まだ温かい下着を着けてシャツを羽織り、借りていたトレーナーは恵利の部屋に戻した。

「じゃ私は戻るわ。お昼をすませたら恵利も戻ってくるでしょう」

真沙江が言って隣家へ行こうとした。

「僕も先生の部屋を見てみたい」

「ダメよ、君はこっちの部屋だけ」

言うと彼女はドアを開けて隣家へと行き、閉めて施錠されてしまった。どうやら向こう側からしか開けられないらしい。

仕方なく文男は、もう昼で空腹も覚えたので、レトルトライスとカレーで昼食をすませたのだった。

そしてトイレと歯磨きをすませて少し休憩していると、通路のドアが開いて全裸の恵利が戻ってきたのだった。

「ああ、良かった。朝いなくなったときはどうしようかと思ったんだよ」

「ええ、真沙江先生が入ってきて、洗濯してしばらくしてから入れ替わったの」

恵利は無邪気な笑みを浮かべて言う。

そして奥の部屋に入ると、自分で首輪を付けてカチリとロックした。

「もう首輪なんか要らないのに」

「部屋から出られない状況が好きなの」

言うと恵利が答え、相当なこだわりを持っているようだった。

美少女が全裸なので、たちまち文男も勃起し、シャツと下着を脱ぎ去ってしまった。

昼前に真沙江と二回濃厚なセックスをしたというのに、やはり男というものは相手が変わるとリセットされ、急激に心身が回復してしまうようだった。

「あんなに先生としたのに、もうこんなに……」

恵利が、彼の勃起を見て言う。

「モニターで見ていて、嫌じゃなかった？」

「ええ、大人はあんなに感じるんだなって、すごいと思った」

「今日は入れてもいい？」

「まだダメ。でも勃ってるのだから、お口ならいいわ」

恵利が言ってくれ、彼も添い寝していった。

もちろんすぐ口でしてもらう前に、することが山ほどある。

文男は仰向けになった彼女の、足裏から舐めはじめていった。

5

「あん、そんなところから……」

恵利が驚いて言い、ビクリと脚を震わせた。

文男は舌を這わせ、縮こまった足指に鼻を割り込ませて嗅いだ。

一夜で、さらに蒸れた匂いが濃くなり、鼻腔を満たす刺激が悩ましくペニスに伝わっていった。

洗っていないはずだから、昨日の彼の唾液の成分も混じり、それが匂いの濃くなった原因にもなっているのだろう。

彼は両足ともムレムレの匂いを貪り、爪先にしゃぶり付いて全ての指の股を舐め、汗と脂の湿り気を吸収した。

「ああッ……、くすぐったいわ……」

恵利がクネクネと腰をよじって喘ぎ、ようやく文男は彼女を大股開きにさせ、脚の内側を舐め上げていった。

白くムッチリと張りのある内腿をたどり、処女の割れ目に迫った。

指で花びらを広げると、ピンクの柔肉がヌラヌラと蜜に潤い、まだ無垢な膣口が息づいていた。

若草の丘に鼻を埋め、擦り付けて隅々に籠もる熱気を嗅ぐと、やはり甘ったるい汗の匂いが蒸れて沁み付き、それにオシッコとチーズ臭も昨日より濃く鼻腔を刺激してきた。どうやら約束通りシャワーどころか、シャワー付きトイレも使用しなかったのだろう。

「いい匂い」

「あん……」

嗅ぎながら思わず言うと、恵利が羞恥に喘ぎ、キュッと内腿で彼の顔を挟み付けてきた。

一昨夜の入浴から、丸一日半もシャワーを浴びないなど彼女の人生では初めてのことかも知れない。もちろん文男は、人に会わなければ何日も浴びないことぐらいあるのだが。

彼は匂いを貪りながら、割れ目内部に舌を挿し入れていった。

膣口の襞をクチュクチュ掻き回すと、淡いヨーグルト味のヌメリが舌の動きを滑らかにさせた。クリトリスまで舐め上げていくと、

「アアッ……！」

恵利がビクッと反応して喘ぎ、顔を挟む内腿に力を込めた。

チロチロと舐めると蜜の量が増し、やがて味と匂いを堪能すると、彼は恵利の両脚を浮かせ、尻の谷間に鼻を埋め込んでいった。

可憐な薄桃色の蕾には、蒸れた汗の匂いに混じり、微かなビネガー臭も混じって鼻腔を刺激してきた。ここも、ちゃんとトイレットペーパーで拭いただけなのだろう。

文男は美少女の生々しい匂いを貪り、舌を這わせてヌルッと潜り込ませた。

「あう、ダメ……」

恵利が息を詰めて言い、キュッときつく肛門で舌先を締め付けてきた。

彼は舌を蠢かせ、淡く甘苦い粘膜を探った。

「も、もう止めて、変になりそう……」

恵利が浮かせた脚をばたつかせて言うので、ようやく彼も脚を下ろして股間から顔を離してやった。

移動してチュッと乳首に吸い付いて舌で転がし、顔じゅうで膨らみを味わいながらもう片方も含んで舐め回した。

左右の乳首を味わうと、腋の下にも鼻を埋め込み、甘ったるく蒸れた汗の匂いで鼻腔を満たした。

「指でして……」

文男は言い、そのまま腕枕してもらうと、恵利もペニスに手を伸ばして包み込み、ニギニギと愛撫しはじめてくれた。

彼は指に弄《もてあそ》ばれながら恵利の顔を引き寄せて唇を重ね、チロチロと舌をからめた。彼女の鼻から洩れる息も、やや濃くなった果実臭を含んで心地よく鼻腔を湿らせた。

「唾を出して……」

唇を触れ合わせたまま囁くと、恵利もトロトロと口移しに生温かく小泡の多い唾液を注いでくれた。

文男はうっとりと味わい、喉を潤して酔いしれながら口を離した。

「お口アーンして」

顔を抱き寄せて言うと、恵利もやや羞じらいながら大きく口を開いて彼の鼻を覆ってくれた。

せがむように幹をヒクヒク震わせると、指の愛撫を強めてくれた。

美少女の口の中は、濃厚に甘酸っぱい匂いに満ち、それにほのかなプラーク臭と、オニオンやガーリックの成分も混じっていた。

「何を食べたの？」

「パスタ……、嫌な匂いする？」

恵利は息を震わせながら答えた。

「ううん、濃い刺激がちょうどいい」

文男は言い、美少女の濃厚な吐息で鼻腔を刺激されながら、指の愛撫に高まっていった。

匂いを十段階で表わすと、今は七ぐらいである。

通常の生活をしていれば、普通は二か三ぐらいなのだろう。九や十は汚ギャルのように抵抗があるので、悪臭と感じる一歩手前の八ぐらいが最も興奮する濃度かも知れないと彼は思った。

「強くハーして」

言うと恵利も、羞恥に眉をひそめながらも深く吸い込んだ息を強く吐きかけてくれた。

「ああ、いきそう……」

文男は、熱く湿り気ある濃い匂いで胸を満たしながら絶頂を迫らせた。

そして仰向けになると、心得たように恵利も顔を移動させ、粘液の滲む尿道口をチロチロと舐め回してくれた。

「ああ、深く入れて……」

言うと恵利もスッポリと喉の奥まで呑み込み、熱い息を股間に籠もらせながらクチュクチュと舌をからめた。彼がズンズンと股間を突き上げると、恵利も合わせて顔を上下させた。

濡れた唇の摩擦にカリ首が擦られ、たちまち文男は大きな絶頂の快感に全身を貫かれてしまった。

「い、いく……、アアッ……！」

彼は身悶えながら喘ぎ、ドクンドクンと勢いよく大量のザーメンをほとばしらせた。

「ク……、ンン……」

喉の奥を直撃された恵利が呻き、それでも摩擦と吸引、舌の蠢きは続行してくれた。

「ああ、気持ちいい……」

文男は美少女の口を汚す快感を噛み締めながら喘ぎ、心置きなく最後の一滴まで出し尽くしていった。

満足してグッタリと身を投げ出すと、恵利も上下運動を止め、亀頭を含んだまま口に溜まったザーメンをコクンと一息に飲み干してくれた。

「あう……」

口腔の締まる刺激と飲んでもらった感激に呻くと、ようやく恵利もチュパッと口を離した。

そして幹をしごき、尿道口に余りの雫が脹らむと、チロチロと舌を這わせて綺麗にしてくれた。

「アア……、も、もういいよ、ありがとう……」

過敏に幹をヒクつかせて言うと、恵利も舌を引っ込めたので、彼もうっとりと身を投げ出して余韻を味わった。

続きは、また夜にすることにして、文男は少し仮眠を取りたくなった。何しろ射精以外、他にすることが何もないのである。

とにかく身を起こすと、その時いきなり真沙江が入って来たのである。

「え……？」

文男は驚いたが、真沙江は恵利にスマホを渡して言った。

「ＬＩＮＥの着信があったわ。緊急だといけないので開いて」

どうやら恵利のスマホは隣家に置きっぱなしにしていたらしい。

恵利もすぐに開いて呼んだが、

「大変、ママが来るわ。今夜一泊だけだけど、もう成田だって」

顔を上げて言った。

「そう、仕方ないわね。じゃ今夜ここに泊まってもらいましょう。根津君は、いったんアパートに戻ってもらうわ」

真沙江が文男に向かって言う。

「え、ええ、僕も一度メールチェックに戻りたいので……」

彼は答え、真沙江が入ってくるのが射精後で本当に良かったと思った。

もっとも彼女は、モニターを見て頃合を測って来たのかも知れない。

とにかく文男は身繕いをして、来たときの姿になった。

「ごめんね、根津さん。ママが来るなら、歯磨きとシャワーもしないとならないわ。明日ママが帰ったらまた連絡するから」

恵利に言われ、彼も携帯番号のメモを渡した。

スニーカーを履いて玄関を出ると、もう普通に開いたので真沙江がつっかえ棒を外したのだろう。

そして文男は名残り惜しいまま、エレベーターで一階まで降りてマンションを出ると、自分のアパートへと向かったのだった。

第三章　美熟女の処女地

1

（すごい体験だったけど、もうこれで終わりじゃないだろうな……）

アパートに戻った文男は、ちゃんとまた明日、恵利が連絡をくれるだろうかと心配になった。

学生時代から住んでいる古いアパートも五年目、一階の端で、六畳一間に狭いキッチン、あとは便器と風呂が一緒になったバスルームだけだ。

あるのは机と本棚、万年床と小型冷蔵庫に電子レンジだけである。カラーボックスにはレトルト食品とわずかな調味料、冷蔵庫には水のペットボトルが入っているだけだった。

机にあったスマホを確認してみたが、誰からも連絡は入っていなかったので、充電器にセットした。

今はコラムの仕事は何も入っておらず、とにかく万年床に横になり、文男は一昨日からの体験を一つ一つ思い出した。

恵利と出逢って彼女のマンションに行き、初めて素人女性、しかも美少女の全身を味わってナマの匂いを嗅ぎまくり、指や口で射精したのだ。

今日は朝から真沙江と濃厚なセックスを二回して、しかも午後は恵利の口に出すことが出来たのである。

だから思い出すうち激しく勃起したが、もう今日はオナニーもしないでいいと思った。

明日また恵利に呼ばれれば、快楽の日々が待っているのだ。

せっかく美少女の匂いの濃度も増えたのに、残念ながら歯磨きもシャワーもすませてしまうだろうが、まだまだ連休は長いから、また一から濃くさせていけばいいだろう。

何という贅沢なことだろうか。

もっとも、明日ちゃんと呼ばれれば、の話であるが。

そのうち文男はウトウトとまどろんでしまい、目が覚めたときは日も暮れていた。スマホには何の着信も入っていない。

起き出すと、文男はあらためて動きやすいジャージに着替え、夕食の仕度をした。レトルトライスをチンして、あとは肉野菜のレトルトパックとインスタントわかめスープだけだ。

アルコールは、誰かいれば少し付き合うが、一人の時に飲む習慣はない。

食事を終えると、テレビも置いていないのでノートパソコンでネットを見て回り、次のコラムの準備だけしておいた。

本当は投稿小説にもかかりたいのだが、今はあまりに強烈な思い出の余韻に浸りたく、すぐ横になってしまった。

もちろんオナニーはせず、そのまま眠ってしまったのである。

翌朝、十時頃に起きた文男は昨夜と同じくレトルトやインスタント物でブランチをすませ、シャワーと歯磨きもした。

そして恵利からの連絡を待ってスマホを睨んでいたが、一向に着信はない。

（やっぱり、どうせ初体験するなら、もっといい男にしたいと思ったのではないか……)

文男は思い、それでも諦められずにスマホを見ていたが、その時いきなりドアがノックされたのである。

「うわ……」

着信ではなく、違う角度から音がしたので彼は声を上げてビクリと硬直した。まず、誰かが訪ねてくることのない生活である。

「はい……」

気を取り直して返事をし、彼はロックを外して細めにドアを開けた。

すると、輝くような美女が立っているではないか。清楚な服にバッグを提げ、歳の頃なら四十少し前というところか。

しかも、どこかで見たような顔立ちである。

「私、恵利の母親で小百合《さゆり》と申します。根津先生ですか」

「え……、はい、根津です……」

恵利の母親と聞いて驚き、何か抗議でもしに来たのではないかと勘繰ったが、小百合は柔和な笑みを浮かべている。

「と、とにかくどうぞ」

言うと彼女は悪びれずに入り、ドアを閉めると丁寧にロックまでし、靴を脱いで上がり込んできたのだった。

「すみません、座布団もないし狭いので、そこへ」

文男は言い、彼女を椅子に座らせ、自分は万年床に畏まって座った。

もちろん女性が部屋に入ったのは初めてのことで、たちまち甘く上品な芳香が立ち籠めはじめた。

確かに恵利に似た顔立ちで整い、同じように笑窪もある。しかもブラウスの膨らみは真沙江以上の爆乳ではないか。

「昨日、アメリカから来て、恵利の新しい部屋を見て一泊しました。今日の夜は学生時代のお友達と夕食して、すぐアメリカへ戻ります」

「そうですか……、あ、お茶でも」

「いいえ、持ってますのでお構いなく」

言うと、小百合はバッグから小さなお茶のペットボトルを出した。

「いきなり来てごめんなさいね。去年から、教育実習の先生を好きになったと恵利が言っていたので、真沙江さんに場所を聞いて訪ねてしまいました」

「それは、ガッカリなさったでしょう、こんなダサい男で……」

「とんでもない。とっても優しそうで、思っていた通りの方です。クマのプーさんみたいで」

小百合が、世辞とも思えない口調と表情で言うので、前から恵利の趣味は変わっていたのかも知れない。

「はあ、むしろプーのクマさんでして、いえ、ブタさんかも知れません」

「まあ、そんな」

小百合は手を口に当てて上品に笑った。

「それで、恵利の好きな人に会いたかったのだけど、根津先生は、まだ無垢ですね？」

彼女が言う。一日余りで、あんな体験をしてきたのに、よほど未だに童貞臭が抜けないようだ。

「は、はあ、すみません……」

「謝ることはないですが、何も知らないのでは、恵利との今後にも支障をきたすでしょう。もちろん根津先生が恵利のことを好きならという前提ですが」

小百合が言う。してみると、当然ながら恵利も真沙江も一昨夜からの出来事は何も話していないのだろう。

「も、もちろん好きです、すごく……」

「それなら、誰にも内緒で私が手ほどきしてもよろしいかしら」

「うわ……」

何という幸運な展開であろうか。いったんアパートに戻っても、まだまだ女性運は続いているようだった。

そして小百合も四十歳前後の美熟女で、相当に淫気を溜め込んでいるのかも知れない。

「私が最初ではお嫌ですか」

「と、とんでもない、願ってもないことなので、どうかお願い致します」

文男は深々と頭を下げて答えた。

「そう、ではシャワーをお借りしますわ。ゆうべ恵利のマンションでお風呂に入ったきりなので」

小百合が言って椅子から立った。

「い、いえ、どうかそのままでお願いします。初めてなので、女性のナマの匂いを知りたいので。僕はさっき洗ったばかりなので、すぐこのまま」

文男は勢い込んで懇願した。

「まあ、本当にいいのかしら……」

小百合は戸惑うように言ったが、すでに淫気は満々らしく目をキラキラさせ、白い頬を上気させていた。

「ええ、じゃ脱ぎましょう」

文男は立って言い、窓のカーテンを閉めた。キッチンの窓にカーテンはないので、少々薄暗くなっただけで、観察には充分な明るさである。

するとと小百合もブラウスのボタンを外しはじめ、彼もジャージを脱ぎはじめていった。

全裸になりながら、文男は本当に昨夜抜かなくて良かったと思った。

彼女も、いったん脱ぎはじめるともうためらいなく、見る見る白い熟れ肌を露わにしてゆき、室内に甘ったるい匂いを揺らめかせた。

ブラを外すと、実にメロンほどもある見事な爆乳である。

ショーツごとストッキングを下ろしてゆくと、薄皮を剝くように滑らかな脚が露わになっていった。

たちまち一糸まとわぬ姿になると、小百合は優雅な仕草で万年床に仰向けになっていった。

わずか三日目にして、三人目の美女を相手に出来るのだ。文男もピンピンに勃起しながら熟れ肌に迫っていた。

「初めてなら、してみたいことがあるでしょう。どうかお好きに」

小百合が身を投げ出して言う。

文男も、まずは爆乳に屈み込み、チュッと乳首に吸い付いていった。

そして顔いっぱいにボリューム満点の膨らみを味わい、舌で転がしながらもう片方にも指を這わせていった。

2

「アア……、いい気持ち……」

小百合が熱く喘ぎ、すぐにもクネクネと身悶えはじめた。

文男は左右の乳首を交互に含んで舐め回し、充分に膨らみを味わってから、彼女の腕を差し上げて腋の下に迫った。

すると何と、そこには湿った腋毛が煙っているではないか。

アメリカではケアしないのが流行っているのか、それとも夫との性交渉が疎遠になっている証しかも知れない。

（うわ、なんて色っぽい……）

文男は思い、嬉々として小百合の腋の下に鼻を埋め込んでいった。

恥毛に似た柔らかな感触を味わいながら嗅ぐと、ミルクのように甘ったるい汗の匂いが馥郁《ふくいく》と鼻腔を満たしてきた。

「ああ、いい匂い……」

「あう、汗臭いでしょう……」

思わず言うと、小百合が羞恥に呻きビクリと反応した。

彼は何度も深呼吸して美熟女の体臭で胸を満たし、もう片方の腋にも鼻を埋めて存分に嗅ぎまくってしまった。

そして滑らかな肌を舐め降りてゆき、形良い臍を探り、張りのある下腹の弾力を味わうと、豊満な腰のラインから脚を舐め降りていった。

スベスベの脚は、脛にもまばらな体毛があり、何やら昭和の美女を相手にしている気になった。

脛にも舌を這わせて頬ずりし、足首まで行くと足裏に行った。

舌を這わせ、指の間に鼻を押し付けて嗅ぐと、やはりそこは汗と脂に湿り、ムレムレの匂いが濃厚に沁み付いて鼻腔が刺激された。

足の匂いを嗅いでから爪先にしゃぶり付き、順々に指の股にヌルッと舌を割り込ませていくと、

「アア、ダメよ、汚いのに……」

小百合が驚いたように喘ぎ、キュッと彼の舌を足指で挟み付けてきた。

構わず両足とも、全ての指の股をしゃぶり、味と匂いが薄れるまで貪り尽くしてしまった。

そして大股開きにさせ、脚の内側を舐め上げ、ムッチリと量感ある内腿をたどって股間に迫った。

恥毛は黒々と艶があり、はみ出した陰唇はすでに溢れる愛液にヌラヌラと潤っている。そっと指を当てて陰唇を左右に広げると、中も大洪水で、かつて恵利が生まれ出てきた膣口が妖しく息づいていた。

包皮の下からは、小豆大のクリトリスが真珠色の光沢を放ち、愛撫を待つようにツンと突き立っている。

「ああ、そんなに見ないで……」

彼の熱い視線と息を感じ、小百合が白い下腹をヒクヒク波打たせて喘いだ。

吸い寄せられるように顔を埋め込み、鼻を恥毛に擦りつけて嗅ぐと、甘ったるくふっくらした汗の匂いが濃く沁み付き、それに蒸れた残尿臭も混じって鼻腔を刺激してきた。

「いい匂い」

「あう……」

嗅ぎながら言うと小百合は呻き、キュッと内腿で彼の両頬を挟み付けた。

舌を這わせ、膣口の襞を掻き回すと淡い酸味のヌメリが感じられた。

柔肉をたどり、クリトリスまで舐め上げていくと、

「アアッ……、そこ……」

小百合が熱く喘ぎ、内腿に強い力を込めた。

チロチロと弾くように舐め回し、たまにチュッと吸うと、

「あう、もっと強く……！」

小百合が呻き、さらにトロトロと大量の愛液を漏らしてきた。

文男は味と匂いを堪能すると、彼女の両脚を浮かせ、豊満な逆ハート型の尻に迫った。

谷間の奥には、ひっそりと可憐な薄桃色の蕾が閉じられ、細かな襞を微かに収

縮させていた。

鼻を埋め込むと、ボリュームある双丘が顔じゅうに密着し、蕾に籠もった蒸れた匂いが悩ましく鼻腔を掻き回してきた。

熱気と湿り気を嗅いでから舌を這わせ、チロチロとくすぐるように襞を濡らし、ヌルッと潜り込ませて滑らかな粘膜を探った。

「く……、ダメ……」

小百合が呻いたが、中で舌を出し入れさせるように蠢かせると、鼻先にある割れ目からは、さらに大量の愛液がトロトロと溢れてきた。

それを舐め取りながら脚を下ろし、彼は再び割れ目に戻ってヌメリをすすり、クリトリスに吸い付いていった。

「アア、お願い、入れて……」

小百合が熱くせがんできたので、文男も身を起こして股間を進めた。

射精しても良いし、先に彼女が果てれば中断し、間にフェラやオシッコなどしてもらえるかも知れない。

先端を濡れた割れ目に擦り付け、充分に潤いを与えてから位置を定め、ゆっくりと膣口に潜り込ませていった。

ヌルヌルッと滑らかに根元まで押し込むと、

「ああ……、いいわ、奥まで届く……」

小百合が爆乳を揺すって喘ぎ、味わうようにキュッキュッと締め付けてきた。

彼も股間を密着させ、温もりと感触を味わいながら脚を伸ばして身を重ねていった。

(とうとう恵利の母親と一つに……)

文男は感激と快感に包まれて思い、爆乳を胸で押しつぶし心地よい弾力を味わいながら、上からピッタリと唇を重ねていった。

「ンン……」

小百合も熱く鼻を鳴らし、歯を開いてネットリと舌をからめてきた。

美熟女の舌は生温かな唾液に濡れ、滑らかに蠢いた。

文男も執拗に味わいながら、徐々にズンズンと股間を突き動かしはじめた。

「アア……!」

小百合が口を離して喘ぎ、彼は熱く吐き出される息をうっとりと嗅いだ。

それは白粉に似た甘い刺激を含み、悩ましく鼻腔を掻き回してきた。

彼は美熟女の息の匂いに高まり、次第に動きを激しくさせていった。

「ま、待って……」

するとと小百合が言い、彼の動きを止めたのだ。

「お尻に入れてみて。前から一度してみたかったの……」

「え……、大丈夫かな……」

言われて、文男も急に好奇心を湧かせた。一度してみたいと言うからには、まだ未経験なのだ。してみると、この魅惑的な美熟女の肉体に残った最後の処女が頂けるのだ。

アナルセックスは、彼にとっても初体験である。

文男は身を起こし、ゆっくりと引き抜くと愛液が淫らに糸を引いた。

「あう……」

小百合は呻きながらも、自ら両脚を浮かせて抱え、尻を突き出してきた。

見ると、割れ目から伝い流れる愛液がピンクの肛門を濡らしている。

文男も愛液にまみれた先端を、蕾に押し当てて呼吸を計った。

「無理だったら、すぐ止めるので言って下さいね」

「ええ、構わないから犯して……」

言うと小百合が答え、懸命に口呼吸をして括約筋を緩めた。

文男も意を決し、グイッと押し込んでいくと、蕾が襞を伸ばして丸く押し広がり、よほどタイミングが良かったか、最も太いカリ首の傘までが潜り込んでしまった。

「く……、奥まで来て……」

小百合が眉をひそめ、脂汗を滲ませながら言った。

彼もそのままズブズブと根元まで押し込むと、やはり膣内とは違った感触があり、尻の丸みが股間に密着した。

さすがに入り口はきついが、中は思ったより楽で、ベタつきもなく滑らかな感触だった。

「強く突いて、中に出して……」

小百合が息を弾ませてせがみ、彼もそろそろと様子を見ながら腰を前後させはじめていった。すると彼女も、緩急の付け方に慣れてきたのか、徐々に動きが滑らかになった。

文男も初体験の新鮮な快感に、いつしかリズミカルに律動していた。

「アア、いい気持ち……」

小百合が喘ぎ、指で自らの乳首を摘んで動かし、もう片方の手は空いた割れ目に這わせた。愛液の付いた指の腹で、クチュクチュと音を立ててクリトリスを擦り、彼も美熟女のオナニーの様子に激しく高まった。

「い、いく……！」

たちまち文男は昇り詰めて口走り、熱い大量のザーメンをドクンドクンと勢いよく注入した。すると中に満ちるザーメンで、さらに動きがヌラヌラと滑らかになった。

「い、いい気持ち……、アアーッ……！」

小百合も声を上ずらせ、ガクガクと狂おしい痙攣を開始した。アナルセックスと言うより、自らのクリ刺激によるオルガスムスかも知れないが、肛門内部も艶めかしく収縮した。

文男は心置きなく最後の一滴まで出し尽くし、満足して動きを弱めていった。

「ああ……」

すると小百合も声を洩らし、満足げに熟れ肌の硬直を解いてグッタリと身を投げ出していった。

同時にヌメリと締め付けでペニスが押し出され、ツルッと抜け落ちた。

何やら美女に排泄されるような興奮が湧き、見ると丸く開いた肛門が粘膜を覗かせ、徐々につぼまって元の蕾に戻っていった。

3

「さあ、早く洗った方がいいわ……」

余韻を味わう余裕もなく小百合が言って身を起こしたので、文男も立って一緒にバスルームに入った。

便器があって洗い場がないので、二人はバスタブに入ってシャワーの湯を浴びた。彼女もボディソープで甲斐甲斐しくペニスを洗ってくれ、湯でシャボンを流した。

「オシッコ出しなさい。中も洗わないと」

言われて、文男は回復しそうになるのを堪えながら、懸命にチョロチョロと放尿した。

出し終えると、彼女はもう一度湯で洗い流して屈み込み、消毒するようにチロリと尿道口を舐めてくれた。

「あう……」

文男は呻き、たちまちムクムクと彼自身は急角度に回復していった。

「まあ、もうこんなに……」

見た小百合が目を輝かせて言う。

「ね、ママもオシッコしてみて」

「まあ、ママだなんて……。出るかしら……」

「こうして」

文男はバスタブの中に座り込み、小百合の両足をバスタブのふちに乗せさせ、しゃがみ込ませた。

脚がM字になり、大股開きの和式トイレスタイルである。

まさか自分のアパートのバスルームで、美女とオシッコプレイが出来るなど夢にも思わなかったものだ。

「ああ、恥ずかしいわ……」

小百合は手すりに摑まりながら内腿を震わせ、文男も尻を支えてやりながら匂いの薄れた割れ目を舐めた。

「あう、すぐ出そうよ、離れて……」

彼女は言ったが、文男はそのまま舌を這わせ続けた。

するると奥の柔肉が蠢き、愛液とは違う味わいと温もりが感じられた。

「く……、出ちゃう……」

小百合が息を詰めて言うなり、チョロチョロと熱い流れがほとばしってきた。

それを舌に受けて味わうと、やはり淡く清らかで、抵抗なく喉に流し込むことが出来た。

「アア、バカね、そんなことするなんて……」

小百合は言ったが、いったん放たれた流れは止めようもなく、彼女も姿勢を崩さないまま勢いを増して放尿を続けてくれた。

口から溢れた分が心地よく肌を伝い流れ、すっかりピンピンに回復したペニスが温かく浸された。

やがて勢いが弱まると、間もなく流れが治まった。

そしてポタポタ滴る雫に新たな愛液が混じり、ツツーッと糸を引いて漏れた。

彼はヌメリを舐め取ってすすり、残り香の中で舌を這い回らせた。

「も、もうダメよ……」

小百合が言って脚を下ろし、ハアハア息を弾ませながら、もう一度シャワーの湯で二人の全身を流した。

やがて身体を拭き、二人は全裸のまま布団に戻った。

もちろん小百合も、もう一回ヤル気満々である。

彼が仰向けになると、小百合は股の間に腹這い、彼の股間に顔を寄せてきた。

「ここ舐めて……」

文男は甘えるように言って両脚を浮かせ、自ら両手で尻の谷間を広げて突き出した。断られたら普通にフェラを求めれば良い。

しかし小百合は厭わず舌を這わせ、ヌラヌラと肛門を舐め回してくれた。

そして熱い鼻息で陰嚢をくすぐりながら、自分がされたようにヌルッと潜り込ませてくれたのだ。

「あう、気持ちいい……」

文男は妖しい快感に呻き、モグモグと美熟女の舌先を肛門で締め付けた。

あまり長く舐めてもらうのも申し訳ない気がし、

「も、もういいです。今度はタマタマを……」

脚を下ろすと彼女も舌を離し、鼻先にある陰嚢を舐め回し、二つの睾丸を転がしてくれた。

さらにせがむように幹をヒクヒク上下させると、小百合も前進して肉棒の裏側をゆっくり舐め上げてきた。

　滑らかな舌が先端まで来ると、彼女は小指を立てて幹を支え、粘液の滲む尿道口をチロチロと舐めてくれた。

「ああ……」

　彼が喘ぐと、小百合も丸く開いた口で張り詰めた亀頭をくわえ、吸い付きながらスッポリと喉の奥まで呑み込んでいった。

「ンン……」

　彼女は熱く鼻を鳴らし、息で恥毛をくすぐりながら、幹を締め付けて吸った。

　そして口の中でクチュクチュと舌が蠢くと、彼自身はヒクヒクと震えて、再び絶頂が迫ってきた。

　さらに彼女は顔を上下させ、スポスポと強烈な摩擦を繰り返した。

「い、いきそう、入れたい……」

　文男が口走ると、すぐ小百合もスポンと口を離した。

「どうか、上から跨いで入れて下さい」

　言うと小百合も身を進め、文男の股間に跨がって先端に割れ目を押し当ててきた。指で陰唇を広げて膣口に位置を定めると、息を詰めてゆっくり腰を沈み込ませてきた。

ヌルヌルッと滑らかに根元まで受け入れると、

「アア……、いい気持ち……」

小百合がピッタリと股間を密着させ、顔を仰け反らせて喘いだ。

文男も、股間に美熟女の重みと尻の丸みを感じ、味わうような締め付けに膣内で幹を震わせた。

そして両手を伸ばすと小百合も身を重ねてきたので、彼は両膝を立てて豊満な尻を支えた。

「唾を垂らして」

下から言うと、小百合も形良い唇をすぼめて迫り、ためらいなくトロトロと吐き出してくれた。生温かな唾液を舌に受けて味わうと、プチプチと弾ける小泡の一つ一つに、女神の甘い芳香が含まれているようで、彼はうっとりと喉を潤して酔いしれた。

「美味しい？」

小百合が近々と顔を寄せ、慈愛の眼差しを向け白粉《おしろい》臭の甘い息で囁いた。

「うん、顔じゅうもヌルヌルにして……」

膣内でペニスをヒクつかせて言うと、小百合も舌を這い回らせ、彼の鼻筋から頬までヌラヌラと舐め回してくれた。舐めるというより、垂らした唾液を舌で塗り付ける感じで、たちまち彼はパックでもされたように顔じゅう美熟女の唾液にまみれた。

「ああ、気持ちいい……」

文男は美女の唾液と吐息の匂いで鼻腔を刺激され、喘ぎながらズンズンと股間を突き上げはじめた。

「あう、いいわ、もっと突いて……」

すると小百合も合わせて腰を動かして呻き、収縮と潤いを増していった。

やはりアナルセックスより、膣内の方が良いらしい。

次第に二人の動きがリズミカルに一致し、互いに股間をぶつけ合うように激しい律動が繰り返された。

大量の愛液が溢れて陰嚢の脇を伝い流れ、彼の肛門の方まで生温かく濡らしてきた。

唇を求め、チロチロと執拗に舌をからませると、

「ンンッ……！」

小百合も熱く呻きながら舌を蠢かせ、熱い鼻息で彼の鼻腔を湿らせた。

「い、いきそうよ……、すごく気持ちいいわ……」

口を離すと、彼女は淫らに唾液の糸を引いて声を弾ませた。

動きに合わせ、ピチャクチャと淫らな摩擦音が響き、たちまち小百合はガクガクと狂おしい痙攣を開始した。

「い、いっちゃう……、アアーッ……！」

彼女が声を上げるなり、文男自身もオルガスムスの収縮に巻き込まれるように続いて絶頂に達してしまった。

「く……！」

突き上がる快感に呻きながら、ありったけの熱いザーメンをドクンドクンと勢いよくほとばしらせると、

「あう、いい気持ち……！」

噴出を感じ、駄目押しの快感を得た小百合が呻いてキュッときつく締め上げてきた。文男も心ゆくまで快感を噛み締め、最後の一滴まで出し尽くして突き上げを弱めていった。

「アア……」

すっかり満足しながら声を洩らし、彼は力を抜いて美熟女の重みと温もりを全身で受け止めた。まだ膣内がキュッキュッと締まり、刺激された幹がヒクヒクと過敏に跳ね上がった。

「あう、もうダメ……」

小百合も敏感になっているように呻き、やがて互いに完全に動きを止めた。

文男は小百合の吐き出す白粉臭の息を間近に嗅ぎながら、うっとりと快感の余韻に浸り込んでいったのだった。

4

(とうとう母娘の両方と……)

小百合がアパートを出て行ってからも、文男はいつまでも横になったまま感激に浸っていた。

だいぶ陽は傾いたが、まだスマホに着信はない。

仕方なく起き出し、夕食の仕度でもしようと思ったら、ようやく待ちに待った着信が入った。

「あ、根津さん、連絡遅くなってごめんなさい。真沙江先生にずっと勉強を見てもらっていたので」

　恵利からの電話だ。

「うん、いいよ。それで？」

「そちらで夕食済ませてから来て下さい。こっちはいつも冷凍物しかないから」

「うん、分かった。じゃあとで夕食後に行くね」

　電話を切ったが、考えてみればこっちだってレトルト食品しかないのだ。

　とにかく連絡があったので安心し、文男は手早くレトルトカレーライスで夕食を終えた。

　そしてシャワーと歯磨きとトイレをすませ、洗濯ずみの下着と靴下に着替え、今度はポケットにスマホも入れてアパートを出た。

　徒歩十分、いそいそと歩いていると、また着信が入った。

「そろそろかしら？」

　今度は真沙江からの電話だった。

「ええ、いま向かってます。あと五分ほどで着きますが」

「そう、じゃ着いたら恵利の部屋じゃなく、隣の６０１号室に来て」

「分かりました」

答えて電話を切り、文男はマンションに向かった。どうやら真沙江の方の部屋に入れてくれるらしい。

何か意図があるのだろうが、どんな展開が待っているのか期待に胸を膨らませて彼はマンションに入った。

エレベーターで六階まで上がると、文男は恵利の部屋のドアを通過して、奥の６０１のチャイムを鳴らした。

すぐにドアが開き、真沙江が迎えてくれた。

中の玄関脇には長い鉄棒が立てかけてあるので、昨日はこれで６０２のドアにつっかえ棒をしたのだろう。

スニーカーを脱いで上がり込むと、恵利の部屋とは全てシンメトリックな造りになっていた。

「こっちよ」

ドアをロックした真沙江に招かれて進むと、さすがにリビングもキッチンも、恵利の部屋より家具が多く、長い生活臭が感じられた。

奥の部屋へ行くと、隣でいえばちょうど恵利の監禁部屋だった。もちろん簡易ベッド一つと言うことはなく、デスクにパソコンが据えられて本棚が多いので、真沙江の書斎らしい。

点けっぱなしのモニターを見ると、何と全裸の恵利の姿が映っていた。

しかも首輪を付けた恵利はベッドに寝そべり、自分で股間をいじっているではないか。

「座って見てていいわ」

真沙江が言い、彼も椅子に掛けてモニターに目を凝らした。当然、これは隣室の映像をリアルタイムで見ているのだ。

「恵利ママが帰ってから、ずっと勉強を見てやったので疲れたみたい。今日はオナニーして寝ちゃうと思うわ」

真沙江が彼の背後から囁き、一緒にモニターを見ながら彼の背に巨乳を押し付けてきた。

「恵利ママって、すごいフェロモンだったわね。君に会いたいって言うから住所を教えたわ」

「ええ、来ました。三人でどんな話を……？」

「もちろん君と色々したことは内緒だけど、前から恵利はママに君が気になるって話していたみたいね」

「ええ、何だか信じられないけど……」

文男は答えながら、肩越しに感じる真沙江の花粉臭の吐息にゾクゾクと胸を震わせた。

「それで、ママに食べられちゃった？　恵利には言わないから私にだけ話して」

「え、ええ、アナルセックスと女上位で二回……」

「まあ、すごいわ……」

真沙江が背後から彼にしがみつき、熱く嘆息して言った。

「じゃ今日はもう充分でしょう。でも、そうでもないかな……」

彼女は後ろから手を伸ばし、彼の股間の強ばりを確かめた。

「ああ……」

文男は刺激に喘いだ。確かに二回射精したが、もう時間も経っているし、相手が変わればいくらでも淫気が湧いてしまう。

折しもモニターの中では、

「ああ……、いく……！」

クリトリスをいじっていた恵利が喘ぎ、ヒクヒクと痙攣を開始していた。

カメラはベッド全体を映し、音声も聞こえるので、恐らく真沙江は毎回リアルな画面を見て興奮していたのだろう。

やがてオナニーを終えると、恵利はティッシュで拭きもせず薄掛けを掛けた。

どうやら、このまま眠ってしまうらしい。

「すんだわね。あっちへ行きましょう」

真沙江が身を離して言い、彼も立って部屋を出た。そしてリビングを通過し、彼は真沙江の寝室に招かれた。

甘い匂いが生ぬるく籠もり、セミダブルベッドと化粧台が置かれていた。

真沙江が脱ぎはじめたので、彼も手早く全裸になり、ピンピンに勃起したペニスを露わにした。

とにかく、またこのマンションに戻れて良かったと思った。

先にベッドに横になると、やはり枕には真沙江の匂いが悩ましく沁み付いて、鼻腔が刺激された。

真沙江もためらいなく最後の一枚まで脱ぎ去り、メガネだけ掛けた全裸でベッドに上がってきた。

「すごいわ、こんなに勃って……、これを恵利ママのお尻に入れたのね。私には無理……」

真沙江は言い、いきなり屈み込むと張り詰めた亀頭にしゃぶり付いてきた。

舌でチロチロと先端をくすぐり、喉の奥までスッポリ呑み込むと幹を締め付けて強く吸った。

「ああ……」

文男は快感に喘ぎ、股間に熱い息を受けながら美人教師の口の中で最大限に膨張していった。真沙江も念入りに舌をからめて、彼自身を生温かな唾液にまみれさせた。

やがて充分に濡れると、彼女はスポンと口を離し、身を横たえていった。

入れ替わりに文男は身を起こし、仰向けになった彼女の足裏から舌を這わせはじめた。

指の股に鼻を埋め込むと、真沙江は今日はシャワーを浴びないでいてくれたか、蒸れた匂いが濃く沁み付いていた。

匂いを貪ってから爪先にしゃぶり付き、汗と脂の湿り気を味わい、両足とも堪能し尽くした。

「アア……、いい気持ち……」

真沙江もうっとりと喘ぎ、やがて彼が口を離すと、自分から大股開きになってくれた。文男はスベスベの脚の内側を舐め上げ、白くムッチリした内腿をたどって股間に迫っていった。

見ると割れ目はヌラヌラと大量の愛液に潤い、彼は熱気と湿り気の籠もる股間に顔を埋め込んでしまった。

柔らかな茂みに鼻を擦りつけ、汗とオシッコの蒸れた匂いで鼻腔を刺激されながら、舌を挿し入れてヌメリを味わい、息づく膣口から大きなクリトリスまでゆっくりと舐め上げていった。

5

「アアッ……、そこ、嚙んで……」

クリトリスに吸い付くと、やはり強い刺激を求める真沙江がせがんだ。

文男も味と匂いを貪ってから、軽く前歯でキュッキュッと親指大のクリトリスを刺激してやった。

「あう、いい……」

真沙江が顔を仰け反らせて喘ぎ、新たな愛液をトロトロと漏らしてきた。

彼は真沙江の両脚を浮かせ、尻の谷間にも鼻を埋め込んだ。レモンの先のようにわずかに突き出たピンクの蕾には、やはり蒸れた匂いが悩ましく籠もり、彼は充分に嗅いでから舌を潜り込ませた。

「く……」

ヌルッとした甘苦い粘膜を探ると、真沙江が呻いてキュッときつく肛門で舌先を締め付けてきた。

出し入れさせるように蠢かして、舌を引き離すと彼は左手の人差し指を肛門に浅く潜り込ませた。そして右手の指も膣口に押し込み、さらにクリトリスを舐め回して三箇所を刺激した。

「アア、気持ちいいわ……」

真沙江が熱く喘ぎ、前後の穴で指をキュッときつく締め付けた。

「あう……、待って……」

すると真沙江が言い、彼も動きを止めて顔を上げ、それぞれの指をヌルッと引き抜いた。

肛門に入っていた指を嗅ぐと、ほのかな匂いがして興奮が高まった。

すると彼女は枕元の引き出しを開けた。見ると中には、ペニスを模したバイブやローターなどが入っているではないか。

見た目は清楚で知的なこの美魔女は、相手が男でも女でも道具でも構わないのかも知れない。

あるいは恵利の首輪も、真沙江が渡したものではないだろうか。

「これをお尻に入れて」

真沙江が彼に手渡してきたのは、ピンク色した楕円形のローターだった。

アナルセックスは敬遠しても、この大きさの物なら良いらしく、すでにローターの肛門挿入も経験しているのだろう。

文男も興味を覚え、唾液に濡れたローターを肛門に当て、指の腹で押し込んでいった。

「あう、奥まで……」

真沙江は浮かせた脚を両手で抱え、尻を突き出しながら呻いた。

襞が広がり、丸く開いた蕾にズブズブとローターが潜り込んでゆき、やがて見えなくなった。あとは蕾から、電池ボックスに繋がるコードが伸びているだけである。

電池ボックスのスイッチを入れると、奥からブーン…と低くくぐもった振動音が聞こえ、

「アア……、いいわ、前に君のものを入れて……」

真沙江が喘ぎ、脚を下ろした。文男も興奮を高め、身を起こして股間を進めると、先端を濡れた割れ目に擦り付けてヌメリを与え、ゆっくりと膣口に挿入していった。

ヌルヌルッと根元まで押し込むと、やはり直腸にローターが入っているせいか前より締め付けが増していた。しかも間の肉を通し、ローターの震動がペニスの裏側に妖しく伝わってきた。

文男は新鮮な快感を味わいながら股間を密着させ、身を重ねていった。

「ああ、気持ちいいわ……」

前後の穴を塞がれた真沙江が喘ぎ、下から両手でしがみついてきた。

まだ動かず、彼は屈み込んで乳首に吸い付き、舌で転がしながら顔全体で巨乳の感触を味わった。

左右の乳首を順々に含んで舐め回し、腋の下にも鼻を埋めて甘ったるく蒸れた汗の匂いに噎《む》せ返った。

すると待ち切れないように、真沙江がズンズンと股間を突き上げはじめた。

文男も肉襞の摩擦と震動に包まれながら、彼女の白い首筋を舐め上げ、上からピッタリと唇を重ねていった。

柔らかな感触を味わい、舌を挿し入れて滑らかな歯並びを舐めると、真沙江も歯を開いて受け入れ、ネットリと舌をからめてきた。

生温かな唾液に濡れ、滑らかに蠢く舌を味わっていると、

「ンンッ……」

真沙江が熱く呻き、チュッと強く彼の舌に吸い付いた。

徐々に彼も腰を動かし、きつい膣内で快感を味わうと、

「アア……、いきそうよ……」

前後から刺激を受けた真沙江が口を離し、熱く喘ぎながら突き上げを強めていった。

文男も本格的に股間をぶつけるように動かし、開いた口に鼻を押し込んで熱く湿り気ある花粉臭の吐息を嗅いで高まっていった。

悩ましい匂いと摩擦と震動で、たちまち彼は堪えきれず昇り詰めてしまった。

「い、いく……！」

大きな絶頂の快感に口走り、ありったけの熱いザーメンをドクンドクンと注入すると、

「い、いい気持ち……、アアーッ……！」

噴出を感じた真沙江も同時に声を上げ、ガクガクと狂おしいオルガスムスの痙攣を開始したのだった。

チラとバイブが見えたので、あるいは真沙江は彼氏がいない間はバイブ挿入で快楽を得ていたらしい。そしてバイブは射精しないから、奥に噴出を受けると、それだけで達してしまうようだった。

とにかく文男は溶けてしまいそうな快感を心ゆくまで味わい、最後の一滴まで出し尽くしていった。

満足しながら動きを弱め、彼女にもたれかかっていくと、

「アア……」

真沙江も精根尽き果てたように声を洩らし、硬直を解いてグッタリと身を投げ出していった。

文男は彼女の口に鼻を当て、熱く悩ましい花粉臭の吐息を胸いっぱいに嗅ぎながら、うっとりと余韻を味わった。

やがて互いに動きを止めても、まだ彼女の直腸内ではブンブンとバイブが唸って暴れ回り、その震動に刺激され、射精直後で過敏になったペニスがヒクヒクと跳ね上がった。

「あうう、もうダメ……」

真沙江もすっかり過敏になって呻き、彼は呼吸も整わないうち身を起こし、ヌルッとペニスを引き抜いた。そしてスイッチを切ると、

「ああ……」

ほっとしたように真沙江が声を洩らして力を抜いた。

文男はコードを指に巻き、ちぎれないよう気をつけながら引っ張った。

すると蕾が見る見る丸く押し広がり、奥からピンクのローターが顔を覗かせて出てきた。

やがてツルッと抜け落ちると、一瞬開いて粘膜を覗かせた肛門も、徐々につぼまって元のレモンの先のような形に戻っていった。

ローターに汚れの付着はないが、嗅いでみるとほんのりと生々しい匂いが感じられた。

一応ローターをティッシュに包んで置き、彼はあらためてティッシュでペニス

を拭い、割れ目も拭いてやった。

普段なら、すぐにもバスルームに行くのだろうが、今日は前後の穴を責められたせいか力が入らず、横になったままだった。

「もうダメ、このまま私は寝るわ。勝手にシャワーを使って、通路から隣へ行って寝てね……」

真沙江が力なく言ってメガネを外したので、彼は全裸の上から薄掛けを掛けてやり、脱いだものを持ってバスルームへ行った。

洗濯機には真沙江の下着も入っていたが、さすがに今日は充分すぎるほど満足しているので嗅いだりはしなかった。

バスルームの造りは隣と同じなので、彼はシャワーの湯を浴びて股間を洗い流し、やがて身体を拭いて下着だけ着けた。

あとは服を持って寝室を覗いたが、もう真沙江は眠っているようなので、静かに二世帯を行き来するドアに行った。

確かに、こちら側だけにロック機能が付いている。

ドアを開けて隣家へと移ると元通り閉め、彼は恵利の部屋を覗いてみた。

やはり恵利も、軽やかな寝息を立てている。

もう今日は文男も心地よい疲労感に包まれているので、起こさずに寝た方が良いだろう。

彼は室内に籠もる恵利の匂いだけ嗅いでから、静かに彼女の寝室に入った。

そして服を置き、美少女の匂いのするベッドに横になった。

昨夜は、恵利もこのベッドで寝て、小百合は奥の簡易ベッドを使ったのかも知れない。

文男は枕に沁み付いた恵利の匂いを嗅ぎながら、また明日に期待して眠りに就いたのだった……。

第四章　小悪魔アスリート

1

「あ、起こしてごめんね」

翌朝、文男は目を覚ますと寝室を抜け出し、急いでトイレと歯磨きをすませてから、そっと恵利の部屋に忍び込んでいたのだ。

美少女の匂いの濃厚に籠もる部屋で、全裸になった彼は恵利の寝息を嗅ぎながら勃起していた。

しかし全裸に首輪だけ付けた恵利も、そのうち気配に気づいて目を開いてしまったのだった。

「おはよう……、何だかすごく久しぶりの感じ……」

恵利がかすれた声で言う。

文男は、寝起きで濃厚になった彼女の息を嗅いで激しく興奮を高めた。

何と甘酸っぱい匂いの濃度が七以上あるので、昨日は小百合が来ていたのに、あるいは歯磨きしないでいてくれたのかも知れない。

さらに腋の下にも鼻を埋めると、甘ったるい匂いが濃く沁み付いて鼻腔が刺激されたのでシャワーも浴びていないようだ。

「うわ、シャワーも歯磨きもしなかったの？」

「うん、ママが来ていたけど、夕食のとき話しただけだから今日のためにパスしちゃった」

恵利が答え、鎖をチャラチャラ鳴らしながら、ノロノロと身を起こした。

そして勃起したペニスをチラと見て、

「今日は我慢して」

恵利が言った。

「え？　どうして……？」

「今日の昼にお友達が来るの。陸上部の明日香《あすか》」

「ああ、あの子か」

言われて、文男も明日香の顔を思い浮かべた。

確か恵利と中学時代から仲良しで、そういえば明日香も文男にはバカにしたような目を向けなかった。

明日香は長身で、健康的な肉体を持ち、恵利に次いで美少女である。すでに四月で誕生日を迎え、十八歳になっていよう。早生まれの恵利より、一年近くお姉さんである。

「来るのが昼なら、その前に一回しておきたい」

「ううん、明日香を抱いて欲しいので温存しておいて」

「え……」

文男が驚いて絶句すると、恵利が話しはじめた。

「明日香はずっと彼とエッチしてきたのだけど、全然良くなくて別れたって。舐めてもくれないし、ただ入れるだけだって。それで私が根津さんのことを話したら、すごく羨ましがって、どうしてもして欲しいって言うので」

「うわ……、恵利ちゃんはそれでいいんだね？」

文男は、恵利が嫉妬しないのは寂しいが、自分が快楽の道具として貸し出されることにゾクゾクする興奮を覚えた。

それだけ、何でも話し合ってきた親友同士なのだろう。

「ええ、明日香は根津さんと二人きりでしたいって言うので、私はお隣へ行っているわ」

恵利が言う。してみると、また真沙江と一緒にモニターで見るつもりに違いなかった。

「うん、分かった。じゃ射精は我慢するので、舐めていかせてあげる」

「待って、その前にトイレに……」

恵利が言うので、どうせ彼女も隣へ行くならとキーを取ってきて首輪を外してやった。

自由になった恵利はベッドを降り、首輪と鎖をベッドの下に隠した。

そして一緒に部屋を出てトイレに入った。彼女が便座に座ると、正面から文男は屈み込み、ピッタリと唇を重ねた。

「ンン……」

恵利も小さく呻きながら、チロチロと舌をからめてくれた。

文男は滑らかに蠢く美少女の舌を味わい、濃厚な果実臭の息で鼻腔を湿らせていると、間もなくチョロチョロと軽やかなせせらぎが聞こえてきた。

ディープキスしながらオシッコするなど、初めての体験だろう。

彼は勢いの付いた音を聞きながら舌をからめ、恵利の手を取ってペニスに導くと、彼女もニギニギと愛撫してくれた。

やがて勢いが衰えると、間もなくせせらぎが止んだので、彼が唇を離すと恵利もペニスから指を離した。

「大きい方は？」

「まだ。それは隣でするわ」

「今してもいいのに」

「それは無理……」

恵利が言うので諦め、文男は手を引いて彼女を立たせた。

「あん、拭いてないのに……」

「舐めて綺麗にしてあげる」

彼は答えてコックを捻り、やや色が付いて泡立つ便器の中身を流した。

そして再び部屋に向かうと、恵利は濡れた割れ目が気になるようにぎこちなく歩き、ゴロリとベッドに仰向けになった。

文男は彼女の足裏から舐め回し、指の間に鼻を割り込ませ、すっかり濃厚に沁み付いたムレムレの匂いを貪った。

爪先にしゃぶり付いて順々に指の股を舐めると、

「あう……」

恵利がビクリと反応して呻いた。

そういえば昨夜はオナニーしていたので、快楽への欲求も相当に強くなっているのだろう。

文男は両足とも味と匂いを貪り尽くし、股を開かせて脚の内側を舐め上げていった。ムッチリした内腿にもオシッコの雫が伝い流れ、それを舐め取りながら股間に迫った。

はみ出した花びらもビショビショに濡れ、指で広げるとピンクの柔肉もオシッコ混じりの愛液で充分過ぎるほど潤っていた。

堪らずに顔を埋め込み、柔らかな若草に鼻を擦りつけて嗅ぐと、隅々に籠もった汗とオシッコの蒸れた匂いが濃厚に沁み付き、甘美な悦びとともに彼の胸を満たしていった。

「すごくいい匂い」

「アア……」

言うと、自分でも濃さが想像ついたかのように、彼女が羞恥に喘いでキュッと内腿を締め付けてきた。文男は何度も深呼吸して匂いを嗅ぎ、割れ目内部に舌を這わせていった。

愛液とオシッコのミックスされたヌメリを掻き回し、奇跡的に処女を保っている膣口の襞をクチュクチュ掻き回し、味わいながらゆっくりクリトリスまで舐め上げていくと、

「ああ……、いい気持ち……」

恵利がビクッと反応して喘ぎ、内腿に力を込めてきた。

文男も執拗にチロチロと舌先を上下左右に蠢かせては、新たに漏れてくる蜜をすすった。いつしか中の残尿が洗い流され、すっかり淡い酸味の潤いが割れ目内部に満ちてきた。

彼は恵利の両脚を浮かせ、可憐な薄桃色の蕾に鼻を埋め込んで嗅いだ。

蒸れたビネガー臭が、可憐な顔とのギャップ萌えで彼は激しく興奮を高めた。

「ダメ、嗅がないで……」

恵利が腰をくねらせて言うので、よほど彼が犬のようにクンクン鼻を鳴らして

101-8405

書籍のご注文は84円
アンケートのみは63円
切手を貼ってください

東京都千代田区神田三崎町2-18-11

二見書房・M&M係 行

ご住所 〒

TEL - - Eメール

フリガナ

お名前

(年令 才)

※誤送を防止するためアパート・マンション名は詳しくご記入ください。

23.4

愛読者アンケート

1 お買い上げタイトル（　　　　　　　　　　　　　　　　　）

2 お買い求めの動機は？（複数回答可）

□ この著者のファンだった　□ 内容が面白そうだった
□ タイトルがよかった　□ 装丁（イラスト）がよかった
□ あらすじに惹かれた　□ 引用文・キャッチコピーを読んで
□ 知人にすすめられた
□ 広告を見た　　（新聞、雑誌名：　　　　　　　　　）
□ 紹介記事を見た（新聞、雑誌名：　　　　　　　　　）
□ 書店の店頭で　（書店名：　　　　　　　　　　　　）

3 ご職業

□ 学生 □ 会社員 □ 公務員 □ 農林漁業 □ 医師 □ 教員
□ 工員・店員 □ 主婦 □ 無職 □ フリーター □ 自由業
□ その他（　　　　　　　　　　　　　）

4 この本に対する評価は？

内容：□ 満足 □ やや満足 □ 普通 □ やや不満 □ 不満
定価：□ 満足 □ やや満足 □ 普通 □ やや不満 □ 不満
装丁：□ 満足 □ やや満足 □ 普通 □ やや不満 □ 不満

5 どんなジャンルの小説が読みたいですか？（複数回答可）

□ ロリータ　□ 美少女　□ アイドル　□ 女子高生　□ 女教師
□ 看護婦　□ OL　□ 人妻　□ 熟女　□ 近親相姦　□ 痴漢
□ レイプ　□ レズ　□ サド・マゾ（ミストレス）□ 調教
□ フェチ　□ スカトロ　□ その他（　　　　　　　）

6 好きな作家は？（複数回答・他社作家回答可）

（　　　　　　　　　　　　　　　　　　　　　　　）

7 マドンナメイト文庫、本書の著者、当社に対するご意見、ご感想、メッセージなどをお書きください。

ご協力ありがとうございました

二見書房 公式HP

↓ この線で切

●アイドル姉と女優姉 いきなり秘蜜生活[21161 740円]
●両隣の人妻 母乳若妻と爆乳熟妻の完全奉仕[21050 720円]
●ハーレム・ハウス 熟女家政婦と美少女と僕[20121 719円]
●【連鎖相姦】義母+姉 淫欲のハーレム[20036 719円]
●熟母と隣の未亡人 二人のママと……[19109 694円]

【鮎川りょう】(あゆかわ・りょう)
●ふたりの巨乳教師と巨乳処女 魅惑の学園ハーレム[23016 750円]
●田舎の未亡人教師 魅惑の個人レッスン[21126 720円]

【新井 芳野】(あらい・よしの)
●生贄アイドル 淫虐の美少女調教計画[22054 720円]
●生贄四姉妹 パパになって孕ませてください[21125 720円]
●隣のお姉さんはエッチな家庭教師[21002 720円]

【阿里佐 薫】(ありさ・かおる)
●母乳まみれ 濃厚ミルクハーレム[22156 720円]
●母乳しぼり わいせつミルクママ[22005 720円]

【石神 珈琲】(いしがみ・こーひー)
●幼馴染みに無理やり女装させられたら覚醒しちゃったんですけど[21086 720円]

【イズミ エゴタ】
●人妻同級生 憧れの誘惑体験[18124 722円]
●ハーレム不動産 美人女子社員だらけの営業所[17184 713円]

【伊吹 泰郎】(いぶき・やすろう)
●男の娘いじり 倒錯の学園祭[22104 720円]
●快楽温泉 秘蜜のふたり旅[22004 720円]
●流転処女 時を超えた初体験[21105 720円]
●クソ生意気な妹がじつは超純情で[21019 720円]
●剣道部の先輩女子 放課後のふたり稽古[20138 719円]

【上田 ながの】(うえだ・ながの)
●僕は彼女に犯されたい[23030 750円]

【小金井 響】(こがねい・ひびき)
●女体化変態絶頂 闇のイキ果てアイドル[22037 720円]
●魔改造 淫虐の牝化調教計画[20139 705円]
●悪魔の治療室 禁断の女体化プログラム[19017 694円]

【佐伯 香也子】(さえき・かやこ)
●上流淑女 淫虐のマゾ堕ち調教[21142 720円]
●奴隷花嫁 座敷牢の終身調教[20175 819円]
●秘儀調教 生け贄の見習い巫女[20050 719円]

【桜井 真琴】(さくらい・まこと)
●淫ら人妻研究員[23005 770円]
●分校の女教師[22095 720円]
●内閣〈色仕掛け《ハニートラップ》〉担当局[21155 740円]
●灰色の病棟[21061 720円]
●女性社長 出資の代償[21013 740円]
●七人の人妻捜査官[20115 719円]
●人妻 夜の顔[20063 719円]
●下町バイブ[19029 722円]

【東雲にいな】(しののめ・にいな)
●俺の姪が可愛すぎてツライ[22071 720円]

【鈴川 廉平】(すずかわ・れんぺい)
●孕ませ性活 熟乳ママと悪魔のような少年[21021 720円]
●美母と二人の若叔母を寝取られた僕[19127 694円]
●寝取られ義母 禁断の三角関係[18031 686円]

【澄石 蘭】(すみいし・らん)
●僕専用ハーレム女子寮 ナマイキ美少女に秘蜜の性教育[22070 760円]

【星凛大翔】(せいりん・やまと)
●人妻プール 濡れた甘熟ボディ[22121 720円]
●訪問調教 奥さんと娘姉妹を犯します[22003 720円]

【津村 しおり】(つむら・しおり)
●孤独の女体グルメ 桃色温泉旅情[22171 720円]
●青春R18きっぷ 大人の冬休み 女体めぐりの旅[22021 740円]
●【青春R18きっぷ】夜行列車女体めぐりの旅[21051 740円]
●青春R18きっぷ みちのく女体めぐりの旅[20156 728円]

【露峰 翠】(つゆみね・みどり)
●憧れのお義姉ちゃん 秘められた禁断行為[22136 720円]
●ときめき文化祭 ガチでヤりまくりの学園性活[21162 720円]
●ときめき修学旅行 ヤりまくりの三泊四日[20122 705円]

【殿井 穂太】(とのい・ほのた)
●処女覚醒 ふしだらな遺伝子[22105 720円]
●少女中毒【父×娘】禁断の姦係[21183 720円]
●痴女の楽園 美少女と美熟母と僕[21004 740円]
●教え子 甘美な地獄[20105 719円]
●妻の娘 獣に堕ちた美少女[20002 705円]
●鬼畜転生 愛娘の秘密[19071 694円]

【成海 光陽】(なるみ・こうよう)
●放課後奴隷市場 略奪された処女妹[20069 705円]
●美少女略奪 放課後奴隷倶楽部[19051 694円]

【葉月 奏太】(はづき・そうた)
●訳あり人妻マンション[23018 770円]
●奥さん、丸見えですが…[22124 720円]
●僕の上司は人妻係長[22063 720円]
●誘惑は土曜日の朝に[21194 720円]
●隣室は逢い引き部屋[21121 720円]
●親友の妻は初恋相手[21014 740円]
●私の彼は左向き[20165 719円]
●人妻のボタンを外すとき[20095 719円]

→ この線で切り取ってください

↑ こ

又ってください

← この線で切り取ってください

●淫ら奥様 秘密の依頼[20029 694円]
●夢か現か人妻か[19193 694円]
【葉原 鉄】(はばら・てつ)
●侵入洗脳 俺専用学園ハーレム[22154 720円]
●生意気メスガキに下克上!・[22023 720円]
【羽村 優希】(はむら・ゆき)
●淫獣学園 悪魔教師と美処女[22135 720円]
●氷上の天使 悦虐の美姉妹強制合宿[21124 720円]
●【完堕ち】アイドル養成学校処女科[20104 705円]
●美少女の生下着 バドミントン部の天使[19182 694円]
●鬼畜教室 狙われた清純少女と女教師[18107 722円]
【藤 隆生】(ふじ・りゅうせい)
●M女子学院ゴルフ部巨乳特待生 闇の絶頂レッスン[21106 730円]
●人妻巨乳バレーボーラー 寝取られM化計画[20034 719円]
【深草 潤一】(ふかくさ・じゅんいち)
●嫁の姉 誘惑の夜[18186 694円]
●淫ら義母 乱れる[18101 694円]
●隣りの人妻 誘惑の夜[17178 694円]
●清楚妻 ほんとは好き[17063 694円]
【星 悠輝】(ほし・ゆうき)
●折檻義母とご褒美ママ[19183 694円]
【星名 ヒカリ】(ほしな・ひかり)
●義母とその妹 むっちり熟女の童貞仕置き[22169 720円]
●保健の先生がこんなにエッチでいいの?・[21182 720円]
●美叔母と少年 夏の極上初体験[20155 705円]
【真崎 好摩】(まさき・こうま)
●僕が寝取った人妻奴隷[19037 694円]
【真島 雄二】(ましま・ゆうじ)
●美人講師と有閑妻 オモチャになった僕[20020 705円]

●人気女優の秘密[19120 694円]
【諸積 直人】(もろづみ・なおと)
●南の島の美姉妹 秘蜜の処女パラダイス[23029 750円]
●おさな妻 禁じられた同棲[22052 720円]
●青い瞳の美少女 禁断の逆転服従人生[21052 720円]
●双子の小さな女王様 禁断のプチSM遊戯[20068 705円]
【柚木 郁人】(ゆずき・いくと)
●美少女変態怪事件[21160 740円]
●奴隷帝国ニッポン 牝奴隷調教機関[20035 719円]
【吉野純雄】(よしの・すみお)
●黒髪の媚少女[21181 720円]
【綿引 海】(わたびき・うみ)
●はだかの好奇心 幼なじみとのエッチな冬休み[23003 750円]
●少女の花園 秘密の遊戯[22053 720円]
●なまいきプリンセス 姪っ子とのトキメキ同居生活[21107 720円]
●美少女島 聖なる姉妹幼姦[20173 728円]
●いじめっ娘ペット化計画[20051 719円]
●はいから姉妹 地下の拷問部屋[19148 694円]
【素人投稿編集部】
●素人告白スペシャル 大人の絶頂初体験[23031 750円]
●素人告白スペシャル 旅路で出会った田舎の熟女[23017 750円]
●禁断告白スペシャル 母と息子の相姦体験[23004 750円]
●禁断告白スペシャル 棚ぼた年の差体験[22172 720円]
●禁断告白スペシャル 忘れられない相姦体験[22137 720円]
●禁断告白スペシャル 旅で出会った夏熟女たち[22123 720円]
●禁断告白スペシャル 昭和・平成・令和 淫らな出逢い[22106 720円]
●禁断告白スペシャル 背徳の秘習―逆らえない性の掟[22073 720円]
●禁断告白スペシャル 熟年相姦体験[22040 720円]
●素人告白スペシャル 冬のほっこり熟女体験[22006 720円]

●激ナマ告白 隣の奥様の秘密[19088 694円]
●禁断の相姦白書 禁忌を犯した熟女たち[19072 694円]
●熟年白書 人妻のぬくもり[19053 694円]
●素人告白スペシャル 食べごろ奥様の性生活[19039 694円]
●熟女告白 誰にも言えない痴態[19018 694円]
●相姦体験告白 故郷の性生活[19003 694円]
●人妻白書 禁断の昭和回顧録[18194 694円]
●熟女告白 私が人妻にハマった理由[18158 694円]
●熟女告白 不適切な関係[18085 686円]
●人妻告白スペシャル 初めての衝撃体験[18050 686円]
●激ナマ告白 貞淑妻の淫らな好奇心[17154 686円]
●激ナマ告白 貞淑妻の不適切な交際[17118 686円]
●相姦告白 田舎のどスケベ熟女[17050 686円]
●塾妻告白 おいしい不倫[18018 686円]
●人妻告白スペシャル 人に言えない淫らな体験[17185 686円]
【性実話研究会】
●禁断レポート 感じすぎてしまうオンナたち[18177 694円]
●素人告白スペシャル 熟年世代の回春体験[18141 694円]
●熟年相姦 濡れた母の柔肌[18125 694円]
●禁断白書 ハラスメントな奥様たち[18108 694円]
●禁断レポート 痴女妻[18065 686円]
●禁断告白 奪われた母の操[18035 686円]
●相姦白書スペシャル 禁忌に溺れる女たち[18003 713円]
●告白解禁 昭和の淫ら妻の回顧録[17169 686円]
●禁断白書 相姦体験の誘惑[17135 686円]
●告白解禁 熟れごろ奥様のふしだら体験[17104 6
【夕刊フジ】
●私の性体験投稿 禁断の果実[22
●私の性体験投稿 濡れた横顔[2

⇐ 書籍をご注文の場合は24
63円切手を貼り、

全国各地の書店にて販売しておりますが、
品切れの際はこの封筒をご利用ください。

安心の直送（冊子 小包 ほか）が便利です！

●お求めのタイトルを○で囲んでお送りください。代金は商品発送時に請求書を同封いたしますので、専用の振込み用紙にて商品到着後、一週間以内にお支払いください。なお、送料は1冊215円、2冊310円、4冊まで360円。5冊以上は送料・無料サービスいたします。尚、離島・一部地域は追加送料がかかる場合がございます。 **＊この中に現金は同封しないでください**
●当社規定により先払いとなる場合がございます。
商品の特性上、不良品以外の返品・交換には応じかねます。ご
●お買いあげになった商品のアンケートだけでもけっこうで
お送りいただければ幸いです。ぜひとも御協力をお願
●当社では、個人情報の紛失、破壊、改ざん、漏
払っており、個人情報は外部からアクセス

てご注文ください。
刷）です。

↓ この線で切り

●三人の美人妻 弄ばれた童貞ペット[18048 686円]
●美人司書と女教師と人妻[16193 686円]
【美里 ユウキ】（みさと・ゆうき）
●美少女ももいろ遊戯 闇の処女膜オークション[20196 740円]
●女子校生刑事潜入！ 学園の秘密調教部屋[20070 719円]
●女教師蟻地獄 恥辱の性処理担任[19128 694円]
●ねらわれた女学園 地獄の生贄処女[18193 722円]
【観月 淳一郎】（みづき・じゅんいちろう）
●美姉妹教師と僕 放課後はハーレム[19166 694円]
●人妻シェアハウスは僕のハーレム[17049 686円]
【深山 幽谷】（みやま・ゆうこく）
●母娘奴隷 魔のダブル肛虐調教[21071 773円]
●名門女子校生メイド お仕置き館の淫らな奉仕[20120 719円]
●熟女連姦ツアー 魔の奴隷調教[19202 740円]
●奴隷夫人 悦虐の魔境[18123 740円]
●少女矯正学院破魔島分校 双子美少女の奴隷地獄[17103 740円]
【睦月 影郎】（むつき・かげろう）
●夜行性少女[22158 720円]
●未亡人と三姉妹と[22080 720円]
●白衣乱れて 深夜の研究センター[22015 720円]
●双子姉妹 尼僧とシスター[21136 720円]
●みだら終活日記[21029 720円]
●僕が初めてモテた夜[20166 705円]
●深夜の回春部屋[20131 750円]
●母と娘と寝室で[20114 705円]
●伯母の布団[20064 705円]
●夜の卒業式[20046 705円]
●僕と先生 教えてください[20013 694円]
●お嬢さまの、脚は夜ひらく[19211 694円]

●禁断告白スペシャル 感動！ 秋の熟女体験[21184 720円]
●禁断告白スペシャル 旅先での熟女体験[21163 720円]
●禁断告白スペシャル 田舎の熟年相姦―背徳の悦び[21145 720円]
●素人告白スペシャル 年の差不倫―背徳の肉悦[21127 720円]
●熟年白書 甦る性春[21108 720円]
●人妻白書 寝取られ懺悔録[21088 720円]
●衝撃相姦告白 母との肉悦に溺れた夜[21072 720円]
●熟年白書 忘れられない春の熟女体験[21053 720円]
●素人告白スペシャル 相姦不倫―背徳の肉悦[21038 720円]
●素人告白スペシャル 未亡人とシングルマザーの下半身事情[21022 720円]
●素人告白スペシャル 熟女旅[21005 720円]
●熟年白書 衝撃の回春体験[20197 720円]
●激ナマ告白 田舎の人妻たち[20176 728円]
●禁断告白スペシャル 年上の女《ひと》[20157 719円]
●素人告白スペシャル [昭和―平成]想い出の相姦[20141 705円]
●素人告白スペシャル 隣の人妻―夜の淫らな痴態[20123 705円]
●素人投稿スペシャル 禁断の熟妻懺悔録[20106 705円]
●素人告白スペシャル 働く人妻 夜の出勤簿[20087 705円]
●熟年相姦 忘れえぬ母の柔肉[20071 705円]
●素人告白スペシャル 熟妻の不倫懺悔録[20053 705円]
●禁断白書 わたしの衝撃的な初体験[20037 705円]
●激ナマ告白 ヤリたがりの人妻たち[20021 694円]
●禁断の相姦白書 快楽に溺れた淫乱熟女たち[20004 694円]
●禁断レポート イキまくる熟女たち[19203 694円]
●熟年白書 蘇った性春[19184 694円]
●素人告白スペシャル ナイショのお泊まり奥様[19168 694円]
●禁断白書 わたしの衝撃初体験[19149 694円]
●相姦体験告白 禁断のぬかるみにハマった母たち[19129 694円]
●素人告白スペシャル 背徳の人妻懺悔録[19110 694円]

●私の性体験投稿 淫らな素顔[21203 720円]
【サンケイスポーツ文化報道部】
●私の性体験手記 青い性愛[22157 720円]
●私の性体験手記 教え子の匂い[22055 720円]
86 720円]
2088 720円]

↑ のりしろ ↓

↑ この線で切り取って

取ってください

↓　のりしろ

今月の新刊

葉原 鉄…
寝取られ…
幼馴染みの巨乳…

殿井穂太（との…
妻の連れ子 少…
昰子と結婚した幸樹は、連れ…

天城しづむ（あまき・し…
愛妾契約30日 むちむち美人編集…
売れっ子作家獲得のために鬼畜な契約を迫ら…

サンケイスポーツ文化報道部…
私の性体験手記 親友の姉［23…
性ノンフィクション大賞に入選し、新聞掲載された性愛の…

睦月影郎（むつき・かげろう）
美少女 監禁ゲーム［23047］
教育実習時代の教え子から、「私を飼ってください」と言われ……8（発…

＊こちらの新刊のご注文は発売日後にお願いいたします

【哀澤 渚】（あいざわ・なぎさ）
●教え子は美少女三姉妹 家庭教師のエッチな授業［22155 720円］
●いいなり姉妹 ヒミツの同居性活［22022 720円］
●おねだり居候日記 僕と義妹と美少女と［20195 720円］
【蒼井 凜花】（あおい・りんか）
●欲情のリモート会議［21212 720円］
●OLたちの上司改造計画［21046 820円］
●奥さまたちの誘惑ゲーム［20186 705円］
●人妻合コン 不倫の夜［20132 705円］
●ハメるヒールスマン［20047 719円］
●夜の実践！モテ講座［19158 694円］
●奥さま限定クリーニング［19049 722円］
●人妻エアライン［18134 722円］
【阿久津 蛍】（あくつ・けい）
●美人三姉妹 恥辱の潜入捜査［23028 750円］
●M女発見メガネ！ 僕の可愛いエッチな奴隷たち［22134 720円］
【阿久根 道人】（あくね・どうと）
●肛悦家庭訪問 淫虐の人妻調教計画［22122 720円］
【朝霧 夢幻】（あさぎり・むげん）
●奪われた愛妻［19052 694円］
【浅見 馨】（あさみ・かおる）
●巨乳の姉と［19159 694円］
●放課後レッスン［19079 694円］
●白衣の叔母 淫ら巡回［19050 722円］
【あすな ゆう】
●僕専用レンタル義母 甘美なキャンパスライフ［21037 720円］
●【熟義母×若叔母】僕のリゾートハーレム［20154 728円］
●巨乳母と艶尻母 ママたちのご奉仕合戦［20019 694円］
【雨宮 慶】（あまみや・けい）
●元女子アナ妻 覗かれて［22187 720円］
●先生は未亡人［22112 720円］
●ガーターベルトをつけた美人官僚《キャリア》［21174 720円］
●人妻 淫萌え【みだらもえ】［21028 740円］
●他人妻【ひとづま】［20185 719円］
●好色な愛人［20083 705円］
●人妻 背徳のシャワー［20014 705円］
【天羽 漣】（あもう・れん）
●ヨガり妻［19038 694円］
【綾野 馨】（あやの・かおる）
●兄嫁と少年 禁断のハーレム［23002 750円］
●AI妊活プロジェクト 僕だけのハーレムハウス［22120 720円］

●女体開発 闇のセックス体験…
●巨乳女探偵物語 孤島の秘祭…
【羽後 旭】（うご・あきら）
●彼女の母親に欲情した僕は……［230…
●推しの人気声優 深夜のマル秘営業［22038…
●姉と幼馴染み 甘く危険な三角関係［21070 72…
【浦路 直彦】（うらじ・なおひこ）
●美少女寝台列車 ヒミツのえちえち修学旅行［22185 720円］
●おねだりブルマ 美少女ハーレム撮影会［22039 720円］
●【僕専用】義母と叔母のW相姦ハーレム［20194 720円］
●美少女たちのエッチな好奇心 大人のカラダいじり［20052 705円］
●妻、処女になる タイムスリップ・ハーレム［19147 694円］
●小悪魔少女とボクッ娘 おませな好奇心［18175 722円］
【鬼塚 龍騎】（おにづか・りゅうき）
●新任女教師と音楽女教師 性獣学園の奴隷たち［19002 694円］
【北原 童夢】（きたはら・どうむ）
●倒錯の淫夢 あるいは黒い誘惑［21036 800円］
●隻脚の天使 あるいは異形の美［20140 900円］
【桐島 寿人】（きりしま・ひさと）
●ときめきエロ催眠 ぼくのスクールカースト攻略法［21020 720円］
●三年C組 今からキミたちは僕の性奴隷です［20086 719円］
●戦隊ヒロイン大ピンチ 聖なる調教の罠［19086 694円］
【霧野 なぐも】（きりの・なぐも）
●処女の身体に入れ替わった俺は人生バラ色で［22085 720円］
●嬲りごっこ 闇のいじめっ娘クラブ［21143 720円］
●幼馴染みの美少女と身体が入れ替わったから浮気エッチしてみた［21035 740円］
●未亡人とその娘 孕ませダブル調教［20084 705円］
【霧原 一輝】（きりはら・かずき）
●未亡人 悪夢の遺言書［23032 770円］
●元アイドル熟女妻 羞恥の濡れ場［22138 720円］
●一周忌の夜に 和菓子屋の未亡人［22048 720円］
●義父の後妻［21096 720円］
●向かいの未亡人［20205 705円］
●ネトラレ妻 夫の前で［20148 705円］
●回春の桃色下着［20096 719円］
●人妻女教師 誘惑温泉［19212 694円］
●家政婦さん、いらっしゃい［19177 694円］
●愛と欲望の深夜バス［19098 694円］
【楠 織】（くすのき・しき）
●家出少女 罪な幼い誘惑［22184 720円］
●少女のめばえ 禁断の幼蕾［21202 720円］

●… ［…183 720円］
…す）
…の毒手［23001 750円］
…訪問販売［22103 720円］
…開発［21201 720円］
…ター 狙われた幼乳［21087 720円］
…た幼蕾 背徳の処女淫姦［20085 705円］
●幼肉審査 美少女の桃尻［19201 694円］
【瀧水 しとね】（たきみず・しとね）
●幼唇いじり ひどいこと、しないで……［23015 750円］
【竹内 けん】（たけうち・けん）
●あぶない婦警さん エッチな取り調べ［22170 740円］
●ぼくをダメにするエッチなお姉さんたち［22087 720円］
●ふたりの同級生と隣のお姉さんが奴隷になった冬休み［21200 720円］
●ナマイキ巨乳優等生 放課後は僕専用肉玩具［21085 720円］
●超一流のSEX 僕の華麗なセレブ遍歴［21003 720円］
●浴衣ハーレム 幼なじみとその美姉［20103 705円］
●修学旅行はハーレム 処女踊り食いの6日間［20003 705円］
●女教師釣り 放課後の淫蕩ハーレム［19108 694円］
●僕とお姉さまたちのハーレム卒業旅行［18176 722円］
【橘 真児】（たちばな・しんじ）
●妻の妹 下着の罠［22173 730円］
●ウチでハメよう［22033 720円］
●奥まで撮らせて［21081 740円］
●熟女ワイン酒場［20204 705円］
●捨てる人妻、拾う人妻［20149 719円］
●人妻食堂 おかわりどうぞ［20081 719円］
●人妻の筆下ろし教室［20030 705円］
●あの日抱いた人妻の名前を僕達はまだ…［19194 694円］
●女生徒たちと先生と［19065 722円］
●人妻と官能小説家と…［18167 722円］
【館 淳一】（たて・じゅんいち）
●叔母の要求［21045 720円］
●人妻と妹と［19123 694円］
●美人社長の肉体調査［19080 694円］
●先生の淫笑［18168 722円］
【辻堂 めぐる】（つじどう・めぐる）
●処女の秘蜜 僕のモテ期襲来！［20174 728円］
●転生美少女 美術室の秘密［19167 694円］

…面のキリトリ線で切手。
…アンケートのみの場合は、
…線で切断して投函してください。

…できないよう防止のため、…
…適切に保管し細心の注意を…いたします。切り離して…

＊書名に○印をつけ…
表示価格は本体（税…

…の線で切り取ってください

いたのだろう。

文男は充分に嗅いでから舌を這わせて蕾を濡らし、ヌルッと潜り込ませると滑らかな粘膜は淡く甘苦い味わいがあった。

「あう……」

恵利は呻き、キュッと肛門できつく舌先を締め付けてきた。

彼は執拗に舌を蠢かせ、ようやく脚を下ろすと再び割れ目に戻った。

大量に溢れたヌメリをすすり、クリトリスまで舐め上げて指を無垢な膣口に挿し入れた。

小刻みに内壁を摩擦し、徐々に深く入れて天井を擦ると、きつい締め付けが指を包み込んできた。

あとは小さな時計回りに舌の動きを一定させると、

「い、いきそう……、すごいわ……」

恵利が声を震わせて口走り、ヒクヒクと白い下腹を波打たせた。

たちまち彼女がビクッと身を反り返らせると、

「いく……、アアーッ……!」

激しく喘ぎながらガクガクと狂おしい痙攣を開始した。

愛液は大洪水になり、彼は両耳が聞こえなくなるほど内腿できつく挟み点けられた。

「も、もうダメ……、止めて……!」

感じすぎたように恵利が言うので、ようやく文男も舌と指を離した。

そして添い寝し、熱く弾む濃厚に甘酸っぱい息を嗅ぎながら、彼女が平静に戻るのを待った。

彼自身も激しく勃起しているが、残念ながらここは恵利の言うように温存し、明日香に備えようと思ったのだった。

2

「そろそろ来るって明日香からLINEが入ったので、私は隣に行くわ」

服を着て冷凍物のブランチを終えると、恵利が言った。

すでに隣室の真沙江も承知しているようで、明日香も文男が一人でいることを分かっているらしい。

やがて恵利が隣へ移っていくと、文男は歯磨きだけすませた。

すでにさっきシャワーを終えて準備は万端に整い、彼は期待にゾクゾクと胸を弾ませた。

昼少し前、チャイムが鳴ったので出ると、半年ぶりに会う明日香がジャージ姿にスポーツバッグを持って立っていた。

朝練を終えたようだが、連休中なので制服ではない。

ショートカットに健康的な小麦色の肌、恵利に次ぐ美少女で陸上の大会でもアイドル扱いのようだった。

「お久しぶりです、根津先生」

明日香が、やや緊張気味な笑みを浮かべて言った。

「うん、結局先生にならなかったからね、根津さんでいいよ」

彼は答え、とにかく明日香を迎え入れてドアをロックした。

「昼食は？」

「歩きながらサンドイッチと牛乳ですませました」

訊くと明日香が答える。少々お行儀が悪いが、恵利よりさっぱりした性格で、羞恥より好奇心を優先するタイプだろう。

「恵利はいないのね。その方がいいわ」

明日香は言い、バッグを置いてソファに掛けた。恵利も、ここが隣家と繋がっていることは内緒にしているらしい。

「恵利から聞いたと思うけど、いいですか」

「うん、もちろん。でも恵利ちゃん以外には絶対に内緒でね」

「ええ、恵利の他には誰にも言いません」

「それより、彼氏がいたけど別れたって？」

「陸上部の一級先輩で、もう大学生なんだけど、やっぱり会う回数も減ったし、ワンパターンばっかりなので別れました」

一級上なら、文男の知らない生徒である。

「ワンパターンって、やっぱりエッチのこと？」

「そうです。私には何度もお口でさせるくせに、自分はすぐ入れてくるだけ」

「それはダメだね。でも快感は得られていたの？」

「何度もするうちにそれなりに。でも恵利から先生、いえ根津さんのことを聞いて、全て舐めてもらえるなんてすごく羨ましくて」

「うん、何でもしてあげるし、途中で要求してもいいからね」

「わあ、ドキドキしてきました……」

明日香が頬を紅潮させて言い、練習の名残りかわずかに額が汗ばみ、甘ったるい匂いが漂ってきた。

「じゃ奥の部屋へ行こうか」

「その前にシャワーを。朝からずいぶん走ったから」

明日香が腰を浮かせたので、もちろん文男は押しとどめた。

「ううん、ナマの匂いが好きなので、そのままでいいからね」

「いいんですか？　すごく汗臭いですよ……。でも恵利も言っていたわ、匂いが濃い方が根津さんは好きなんだって……」

「うん、洗ってから舐めるような奴はバカだよ。それは鰻重の鰻を洗って食うようなものだからね」

立ち上がって言うと、明日香もクスリと笑い、一緒にリビングを出た。

簡易ベッドだけ置かれた奥の部屋に入ると、

「ここで恵利としてるんですね」

明日香は殺風景な室内を見回し、それでもためらいなく赤いジャージ上下を脱ぎはじめた。

彼も手早く脱いで全裸になると、明日香も汗に湿った下着を下ろして一糸まとわぬ姿になった。今まで内に籠もっていた熱気が解放され、恵利の体臭に混じって新鮮に甘ったるい匂いが立ち籠めた。

文男は明日香をベッドに仰向けにさせ、健康的な肢体を観察した。

長身でほっそりしているが、乳房は形良い膨らみを息づかせ、引き締まった腹には腹筋が浮かんでいた。

アスリートの脚もスラリと長く、逞しい筋肉が窺えて、文男にとっては初めて接するタイプだった。

「中出しは大丈夫なの？」

「はい、ピル飲んでいるので」

訊くと明日香は答え、文男はまず乳房に屈み込んでいった。

チュッと乳首に吸い付いて舌で転がし、もう片方にも指を這わせると、

「アアッ……！」

すぐにも明日香は熱く喘ぎ、クネクネと身悶えはじめた。

こんなに感じやすいのに、隅々まで愛撫しないバカ男とは別れて正解である。

もちろん明日香の期待も大きいので、激しく反応しているのだろう。

文男は念入りに両方の乳首を舐め回し、その間もずっと明日香は甘ったるい匂

いを揺らめかせ、喘ぎ悶え続けていた。

こんな様子を隣家から恵利と真沙江が見ているのだと思うと、彼は明日香の知らない興奮まで得ることが出来た。

やがて左右の乳首を充分に愛撫すると、彼は明日香の腕を差し上げ、ジットリ湿った腋の下にも鼻を埋め込んでいった。

「あん……」

明日香がビクッと身を震わせて喘ぎ、キュッと彼の顔を腋に挟み付けてきた。

湿り気には甘ったるい汗の匂いが生ぬるく籠もり、彼は胸いっぱいに嗅いでうっとりと鼻腔を満たした。

「ああ……、くすぐったいわ……」

嗅ぎながら舌を這わせると、明日香が身をくねらせて喘いだ。

文男はそのまま脇腹を舐め降り、腹の真ん中に移動して臍を探った。

そして腹筋の浮かぶ引き締まった腹を舐め回し、顔を押し付けて下腹の弾力を味わった。

もちろん股間は最後だ。

彼は腰から脚を舐め降り、バネを秘めたアスリートの逞しい筋肉をたどって足首まで行き、足裏に回って舌を這わせた。

足裏は大きめで、大地を駆ける硬い頑丈さを持っていた。

踵から土踏まずを舐め、しっかりとした太めの足指に鼻を押し付けて嗅ぐと、そこは汗と脂に湿り、蒸れた匂いが濃く沁み付いて鼻腔が刺激された。

充分に嗅いでから爪先をしゃぶり、指の股に舌を割り込ませていくと、

「あう、ダメ……！」

明日香が驚いたように呻き、ガクガクと脚を震わせた。

文男は両足とも、味と匂いが薄れるほど貪り尽くし、やがて顔を上げた。

「じゃ裏返し」

言って足首を摑むと、明日香も素直にゴロリとうつ伏せになった。

文男は再び屈み込み、踵からアキレス腱、ヒラメ筋の発達した脹ら脛から汗ばんだヒカガミを舐め上げた。

張りのある太腿から尻の丸みをたどり、腰から滑らかな背中を舐め、汗を味わいながら肩まで行った。

ショートカットの髪に鼻を埋めると、やはりリンスと乳臭い匂いに汗の匂いも混じっていた。耳の裏側の蒸れた匂いも嗅いでから舌を這わせると、

「アア……、くすぐったくて、いい気持ち……」

明日香がビクッと肩をすくめて喘いだ。

文男はうなじから肩をたどり、再び背中を舐め降りながら、たまに脇腹にも軽く歯を立てた。

「ああッ……！」

どこに触れても明日香は新鮮な反応を示し、やがて彼は尻まで戻ってきた。

うつ伏せのまま股を大きく開かせ、真ん中に腹這い、彼は尻に顔を寄せてムッチリと谷間を広げた。

薄桃色の蕾は可憐な形だが、年中運動で力んでいるせいか、実に締め付けがきつそうだった。

鼻を埋めて嗅ぐと、蒸れた汗の匂いが籠もり、顔に弾力ある双丘が密着してきた。充分に嗅いでから舌を這わせて襞を濡らし、ヌルッと潜り込ませて滑らかな粘膜を探ると、

「あう、ダメ、そんなとこ……！」

明日香が呻き、キュッキュッときつく肛門で舌先を締め付けた。

文男は舌を蠢かせて粘膜を味わい、出し入れさせるように愛撫した。

「アア……、信じられない、こんなの……」

明日香が息を震わせて言い、ようやく彼も舌を引き離した。

「じゃまた仰向けになってね」

言うと彼女も再び寝返りを打ち、文男も片方の脚をくぐって股間に顔を迫らせた。張りのある内腿を舐め上げながら股間に迫ると、神聖な膨らみには楚々とした若草が煙り、割れ目からはみ出した花びらは驚くほどネットリと大量の蜜にまみれていた。

指を当てて陰唇を左右に広げると、微かにクチュッと湿った音がして、ピンクの柔肉が丸見えになった。

すでに快感を知っている膣口が白っぽい本気汁を滲ませて息づき、クリトリスは小指の先ほどの大きさでツンと突き立ち、綺麗な光沢を放っていた。

もう堪らず、文男はキュッと顔を埋め込んでいった。

3

「アアッ……、は、恥ずかしい……」

明日香が顔を仰け反らせて喘ぎ、内腿で文男の顔を挟み付けてきた。

やはり羞恥は、見られることより匂いを気にしてのことだろう。

彼が柔らかな恥毛に鼻を擦りつけて嗅ぐと、蒸れた汗とオシッコの匂いが馥郁と鼻腔を刺激してきた。

「いい匂い」

「あう！」

嗅ぎながら言うと、明日香は呻いて激しく内腿を締め付けてきた。

文男は胸を満たし、舌を這わせて膣口の襞をクチュクチュと探り、柔肉をたどって味わうようにゆっくりクリトリスまで舐め上げていった。

「アアッ……、い、いい気持ち……」

明日香が身を弓なりに反らせて喘ぎ、ヒクヒクと下腹を波打たせた。

それなりに挿入快感は知っていても、やはり初めて舐められるというのは大きな悦びなのだろう。

文男も熱を込めてチロチロとクリトリスを舌先で弾き、泉のように溢れる愛液をすすった。

「ま、待って……、いきそう、入れたいわ……」

明日香が言い、ビクッと上半身を起こしてきた。

やはり舌で果てるより、一つになりたいのだろう。

文男も股間から這い出して添い寝し、

「先っぽを唾で濡らして」

言って仰向けに身を投げ出した。すると明日香も身を起こして移動し、顔を寄せると、まず陰嚢に舌を這わせてきた。

あるいは彼氏に仕込まれたテクニックかも知れない。別れても、さんざんさせられたことは無意識に出るのだろう。

受け身になることばかり優先して愛撫を仕込むとは、やはり運動バカはその程度なのだろうと文男は思った。

とにかく快感に専念すると、明日香は念入りに睾丸を舌で転がし、時にチュッと軽く吸い、股間に熱い息を籠もらせながら袋全体を生温かな唾液にまみれさせてくれた。

そして身を乗り出し、屹立した肉棒の裏筋をゆっくり舐め上げ、先端まで来ると指を添えて、粘液の滲む尿道口をチロチロ舐め回した。

「ああ、気持ちいい……」

文男は快感に喘ぎ、明日香も張り詰めた亀頭に舌を這わせ、丸く開いた口でスッポリと呑み込んでいった。

幹を口でキュッと締め付けて吸い、熱い鼻息で恥毛をくすぐりながら、口の中ではクチュクチュと舌をからめてきた。

思わずズンズンと股間を突き上げると、

「ンン……」

明日香も小さく呻きながら、顔を上下させ濡れた口でスポスポとリズミカルに摩擦してくれた。

「ああ、いきそう、上から跨いで入れて……」

すっかり高まった文男が言うと、明日香もスポンと口を離して顔を上げた。

「私が上？　初めてよ……」

明日香が言いながら前進し、彼の股間に跨がった。

やはり元彼は、正常位で勝手に動いて果てるしか能のない男だったようだ。

彼女は唾液に濡れた先端に割れ目を押し当て、自ら陰唇を指で広げながら、ぎこちなく膣口にあてがってきた。

そして息を詰め、ゆっくり腰を沈み込ませていくと、彼自身はヌルヌルッと滑らかに根元まで呑み込まれていった。

「アアッ……、すごいわ……」

彼の股間に座り込み、ピッタリと密着させながら明日香が喘いだ。

やはり充分に愛撫したので、格別な挿入快感を得ているようだ。

そして文男も、朝から我慢していたので、果てそうになるのを必死に肛門を引き締めて暴発を堪えた。

明日香は彼の胸に両手を突っ張り、上体を反らせ気味にしながら、味わうようにキュッキュッと締め付けてきた。

さすがに恵利の同級生だから締まりはきつく、それでも挿入の痛みなどとうに克服し、今は男と一体になった悦びを味わっているようだった。

やがて上体を起こしていられなくなったように、ゆっくりと明日香が身を重ねてきたので、彼も下から両手を回して抱き留め、両膝を立てて引き締まった尻を支えた。

胸に乳房が押し付けられて弾み、彼が下から顔を引き寄せて唇を求めると、明日香もピッタリと重ね合わせてくれた。

乾いた唾液の匂いが感じられ、舌を挿し入れて頑丈そうな歯並びを舐めると、すぐに明日香も歯を開いてネットリと舌をからめてきた。

ズンズンと小刻みに股間を突き上げはじめると、

「アアッ……！」

明日香が口を離して熱く喘いだ。

鼻腔を湿らせる彼女の鼻息はほとんど無臭だったが、口から吐き出される熱気は恵利に似た甘酸っぱい果実臭に、ほのかなシナモン臭も混じり、こういう匂いの子もいるのかと文男は新鮮な興奮を得た。

「息がいい匂い」

「本当？　朝に歯磨きしたきりなのに……」

言うと明日香が答え、羞恥に膣内がキュッと締まり、新たな愛液が熱く溢れてきた。

「唾を垂らして」

せがむと、彼女も懸命に口を閉じて唾液を分泌させ、喘ぎすぎて渇いた口の中を潤し、唇をすぼめて迫った。そして白っぽく小泡の多い唾液をクチュッと垂らすと、彼は舌に受けて味わい、うっとりと喉を潤した。

その間も突き上げを続けると、いつしか明日香も腰を遣いはじめ、一致した動きとともにクチュクチュと湿った摩擦音が聞こえてきた。

「い、いきそうよ……、中でいけるなんて初めて……」

明日香が息を弾ませて言う。

どうやら自分でクリトリスをオナニーしての絶頂は知っているが、挿入によるオルガスムスは未経験らしい。どうせ元彼が勝手に動いて早く終わるだけだったのだろう。

しかし、文男は充分に愛撫をしたのだ。

「僕もいきそう。息の匂いでいってもいい?」

「恥ずかしいけど……」

「下の歯を僕の鼻の下に引っかけて」

興奮しながら言うと、明日香も大きく開いた口を迫らせ、下の歯並びを鼻の下に当ててくれた。

「ああ、なんていい匂い……」

文男は鼻腔を刺激されながら、突き上げを強めていった。

明日香の口の中は甘酸っぱい果実臭にシナモン臭が混じり、しかも歩き食いした昼食の名残りか、下の歯の裏側のプラーク臭も加わり、悩ましく鼻腔が掻き回された。

動くうち膣内の収縮も活発になり、大量に溢れた愛液が互いの股間をビショビショにさせた。

やがて文男は、美少女の口の中の匂いに包まれ、肉襞の摩擦と締め付けの中で昇り詰めてしまった。

「い、いく、気持ちいい……！」

口走ると同時に、朝から我慢していた熱い大量のザーメンがドクンドクンと勢いよくほとばしった。

「あう、感じるわ、いく……、アアーッ……！」

噴出を受けた途端に明日香も声を上ずらせ、ガクガクと狂おしいオルガスムスの痙攣を開始したのだった。

締め付けが増し、文男は心ゆくまで快感を味わい、最後の一滴まで出し尽くしていった。

ようやく突き上げを弱めていくと、

「ああ、すごかった……、まさか、根津先生とするなんて夢にも思っていなかったわ……、恵利に感謝……」

明日香も、すっかり堪能したように声を洩らして力を抜き、グッタリと彼にもたれかかると、遠慮なく体重を預けてきた。

初の膣感覚による絶頂を得て、いつまでも息が震え、密着する胸から動悸が伝わってくるようだった。

文男は美少女の重みと温もりを感じながら、まだ息づく膣内でヒクヒクと過敏に幹を跳ね上げた。

そして熱くかぐわしい吐息で鼻腔を刺激され、彼はうっとりと快感の余韻に浸り込んでいったのだった。

4

「じゃこうして、オシッコ出してね」

バスルームで、文男はムクムクと回復しながら床に座り、目の前に明日香を立たせた。すでに二人はシャワーで身体を流していた。

そして彼は、明日香の片方の脚を浮かせ、バスタブのふちに乗せさせ、開いた股間に顔を埋め込んだ。

匂いは薄れてしまったが、割れ目を舐めるとまだまだ新たな愛液が溢れて舌の蠢きがヌラヌラと滑らかになった。

「す、するんですか……」

「うん、少しだけでもいいので」

言いながら舌を這わせると、明日香は下腹に力を入れ、ガクガクと脚を震わせながら懸命に尿意を高めはじめてくれた。まだ大きな快感の余韻で朦朧となり、羞恥よりも好奇心が勝っているのだろう。

舐めているうち、柔肉の奥が妖しく蠢き、味わいが変わってきた。

「あう、本当に出ますよ、いいのね……」

明日香が息を詰めて言うなり、チョロッと少しだけほとばしった。

「く……」

出してしまうと、大変なことをしてしまったように彼女が息を詰めた。しかしいったん放たれると、いかに止めようとしても流れはチョロチョロと勢いを増して注がれてきた。

文男は熱い流れを舌に受けて味わい、淡き清らかな味と匂いを感じながら喉を潤した。

「アア……、こんなの初めて……」

明日香は放尿しながら両手で彼の頭に摑まり、長々と出し続けた。

口から溢れる分が肌を伝い、すっかりピンピンに回復したペニスが心地よく浸された。

ようやく勢いが弱まり、流れが完全に治まると、滴る雫に愛液が混じって糸を引いた。それをすすって舐め回し、彼は残り香の中でヌメリを貪った。

「ああ、もうダメです……」

立っていられなくなったように明日香が言って足を下ろし、力尽きたかクタクタと椅子に座り込んだ。

文男はもう一度二人の全身にシャワーの湯を浴びせ、彼女を支えて立たせるとバスルームを出た。そして互いに身体を拭くと、また全裸のまま奥の部屋へと戻っていった。

「まだ身体がぼうっとして、すぐいっちゃいそうです……」

横たわると、興奮覚めやらぬように明日香が言った。

文男は明日香の鼻先に勃起した先端を突き付け、自分は彼女の割れ目に顔を埋め込んだ。

互いの内腿を枕にしたシックスナインの体勢で、すぐにも彼女は先端にしゃぶりつき、

「ンン……」

喉の奥まで呑み込んでいった。熱い鼻息が陰嚢をくすぐり、舌が蠢くと唾液にまみれた幹がヒクヒクと震えた。

文男も愛液の溢れる割れ目に舌を這わせ、クリトリスに吸い付いた。

さらに膣口にヌルッと指を挿し入れ、唾液に濡らした指を肛門にも浅く入れて小刻みに蠢かすと、

「ああッ……、お願い、入れて下さい……」

三点責めに急激に高まった明日香は、集中できないように亀頭から口を離して言った。

文男も前後の穴から指を引き抜き、少し嗅いで刺激を感じてから身を起こしていった。身を起こす力が湧かないようなので明日香を仰向けにさせ、彼は正常位の形で股間を進めた。

先端を擦り付けてヌメリを混じらせ、やがて彼はゆっくりと膣口に挿入していった。ヌルヌルッと滑らかに根元まで潜り込むと、

「アア……、すごい……」

すっかり下地の出来上がっている明日香は声を上げ、顔を仰け反らせてキュッと締め付けてきた。

文男も深々と貫いて股間を密着させ、身を重ねていった。

屈み込んで左右の乳首を舐め回し、軽く前歯でコリコリ刺激すると、

「あう、もっと強く……」

アスリートの彼女は、やはり強い刺激を求めるように呻き、膣内の締め付けを強めていった。

やがて首筋を舐め上げ、上からピッタリと唇を重ね、舌を挿し入れてからめながら、徐々に腰を突き動かしはじめていった。これも一気に突かず、九浅一深のリズムを続けると、

「ああッ……、い、いきそう……」

明日香が口を離して喘いだ。

膣内の収縮は、さっき以上に増して粗相したように大量の愛液が漏れていた。

開いた口を覗き込むと、白く頑丈な歯並びが奥まで続いていたが、やはり年中力んで食いしばるせいか痛みやすく、奥歯にはわずかに治療痕があった。

鼻を押し込んで息を嗅ぐと、濃厚に甘酸っぱい果実臭に混じったシナモン臭が心地よい刺激を鼻腔に与えてきた。

美少女の息を嗅ぐとどうにも興奮が高まり、彼はリズムを無視してズンズンと勢いを付けて動きを早めてしまった。

愛液に動きが滑らかになり、クチュクチュと湿った摩擦音が響くと、

「す、すごいわ……！」

明日香が両手で激しくしがみつき、股間を突き上げて動きを合わせてきた。

文男も息の匂いと摩擦に激しく高まり、もうフィニッシュまで腰の動きが止まらなくなってしまった。

「い、いく……！」

たちまち文男は昇り詰め、大きな快感の中でありったけの熱いザーメンをドクンドクンと勢いよく注入した。

「熱いわ、いく……、アアーッ……！」

噴出を感じた明日香も声を上ずらせ、ガクガクと狂おしいオルガスムスの痙攣を開始していた。

彼は股間をぶつけるように動いて快感を噛み締め、心置きなく最後の一滴まで

出し尽くしていった。すっかり満足しながら徐々に動きを弱めていくと、

「ああ……、すごかったわ……」

明日香も満足げに声を震わせ、力を抜いてグッタリと身を投げ出した。

重なったまま、文男は収縮の中でヒクヒクと過敏に幹を震わせ、美少女の濃厚な吐息を嗅ぎ、胸をいっぱいに満たしながら、うっとりと快感の余韻に浸り込んでいった。

溶けて混じり合いそうな時を過ごし、やがて呼吸を整えると、文男はそろそろと身を起こして股間を引き離した。

明日香はまだ起きる元気もなさそうなので、彼はティッシュで手早くペニスを拭い、割れ目も拭いてやった。

そして添い寝し、しばし休んでいたが、明日香がスマホを手にし、横になったままLINEを操作した。

どうやら恵利に感想でも送っているのだろう。

すると、すぐに返信が来たようだ。

「恵利が駅前の喫茶店で会おうって言うので、行ってきますね」

「うん、分かった」

彼が答えると、そのまま明日香は起きてシャワーを浴び、身体を拭いて身繕いをした。

どうやら恵利も、モニターで二人の行為を見届けてから、隣家を出て駅に向かったらしい。

「じゃ、ありがとうございました。また会ってもいいですか」

ジャージ姿になった明日香が、バッグを持って玄関から言った。文男は、まだ全裸のままである。

「うん、もちろん。でも」

「分かってます、ちゃんと恵利の許可はもらいますから」

明日香は言い、そのまま玄関から出ていった。

それを見送ると文男はドアをロックし、隣家へ続くドアに向かった。

ノブを回すと、ロックされておらず開けることが出来た。

「真沙江先生、いますか……」

声を掛けたが返事はない。そのまま文男は中に入ってしまった。全裸なので、何か盗る意図はないのは分かってくれるだろう。

（どうしようか……）

誰もいないのなら、真沙江の下着でも嗅いでから引き返そうか。とにかく黙ってマンションを出るわけにもいかないから、真沙江か恵利の着信を待つしかないだろう。

するると、そのときトイレからスーツ姿の真沙江が出てきたのだった。

5

「あ、お出かけですか」

「ええ、学校に行ってくるので。まあ、あんなにしたのにもう勃って……」

文男が声を掛けると、真沙江は彼の勃起を見て呆れたように言った。

やはり相手が変わると急激に回復してしまうようだ。まして自分は全裸で、真沙江は颯爽たるスーツ姿である。

「少しだけ時間ありますか？」

「困った子ね。もうお化粧したし、脱ぐのは面倒だわ」

「ええ、指でも構いませんので」

「じゃこっちで」

懇願すると真沙江も頷き、彼をリビングのソファに座らせた。

彼女も並んで腰を下ろすと文男の肩に手を回し、もう片方の手で、やんわりとペニスを包み込んでニギニギと動かしてくれた。

「ああ、気持ちいい……」

文男はうっとりと喘ぎ、真沙江の唇を求めた。

「口紅を付けたからキスはダメ」

真沙江は囁き、舌を伸ばしてくれたので、彼も触れ合わせてチロチロと舐め回した。

その間も指の愛撫は続いて、彼は急激に高まってヒクヒクと幹を震わせた。

「唾を出して」

舌を引っ込めて言うと、彼女も上から口を寄せ、形良い唇をすぼめてトロトロと小泡の多い唾液を吐き出してくれた。

それを舌に受けて味わい、生温かな唾液で喉を潤した。

「息もかけて」

さらにせがむと、真沙江も幹をしごきながら大きく口を開いて迫り、熱く湿り気ある息を吐きかけてくれた。鼻腔を満たす息は花粉臭に歯磨きのハッカ臭を含み、悩ましく胸に沁み込んできた。

「ああ、いい匂い……」

文男はうっとりと酔いしれたが、やはりハッカ臭は余計な気がした。

それでも絶頂が迫ると、

「い、いきそう……」

彼は腰をよじらせて言った。

「いいわ、やっぱり飲みたい」

すると真沙江が言い、手を離して彼の両膝の間に膝を突いた。

そして文男の股間に顔を進め、張り詰めた亀頭にパクッとしゃぶり付いてくれたのだ。

「ああ……」

文男は快感に喘いだ。全裸の自分がソファにふんぞり返り、スーツ姿のメガネ美女が幹を締め付けて吸ってくれている。

傍らにある、消されたテレビの大画面にも、そんな二人の姿が映っていた。

もう真沙江も口紅がどうのと気にする様子もなく、スポスポと摩擦してはネットリと舌をからめてくれた。

しかもしなやかな指先は、サワサワと陰嚢をくすぐっている。

彼もズンズンと股間を突き上げながら、何とも贅沢な快感の中で絶頂に達してしまった。

「い、いく……、気持ちいい……！」

文男はガクガクと身を震わせて口走り、熱いザーメンをドクンドクンと勢いよくほとばしらせてしまった。

「ク……、ンン……」

喉の奥を直撃された真沙江が小さく呻き、それでもリズミカルな摩擦と舌の蠢きは続けてくれた。文男は心ゆくまで快感を味わい、最後の一滴まで出し尽くしていった。

「ああ……」

声を洩らし、グッタリと力を抜いて身を投げ出すと、真沙江も動きを止め、亀頭を含んだまま口に飛び込んだ分をゴクリと飲み干してくれた。

嚥下とともにキュッと締まる口腔の刺激で、彼は駄目押しの快感を得てピクンと幹を震わせた。

ようやく真沙江もスポンと口を離し、なおも幹をしごきながら尿道口に脹らむ白濁の雫まで丁寧にペロペロと舐め取ってくれた。

「あうう、も、もういいです、ありがとうございました……」

ヒクヒクと過敏に幹を震わせ、彼は腰をよじって降参した。

真沙江も舌を引っ込めて身を起こすと、すぐ洗面所へ行って唇を確認した。

「じゃ行くので、恵利からの連絡を待って」

「分かりました……」

戻った彼女が言うので、文男は余韻の中で答えた。

真沙江はバッグを持ち、玄関を出て自分で施錠していった。

ようやく呼吸を整えた文男は身を起こし、洗面所へ行って洗濯機の中を見てみたが、残念ながら真沙江の下着はなく空だった。見ればベランダに洗濯物が干してあるので、昼前に洗濯を終えていたのだろう。

トイレの汚物入れも空だったので、文男は真沙江の寝室に行って枕の匂いを嗅いだ。

今日はもう三回も射精したというのに、やはり女性の一人暮らしの部屋にいると、後から後から淫気が湧いてきてしまった。

やがて彼は、恵利の部屋の方へ戻ってきた。

まだ恵利からの着信はないので、自分もシャワーを浴びて身繕いをした。

アパートに戻るわけにもいかないので、彼は明日香と戯れた簡易ベッドで夕方まで仮眠を取ったのだった。

物音に目を覚ますと、ちょうど恵利が帰ってきたところだった。

「今日はいっぱい明日香とお話ししてきたわ。帰りはちょうど真沙江先生と一緒だったの」

私服姿の恵利が言う。では真沙江も隣家に戻ってきたようだった。

すぐに彼女は甲斐甲斐しく夕食の仕度をしてくれ、レトルト食品と、帰りに買ってきたらしいサラダを出した。

「明日香は、すごく感激していたわ。最初から、元彼なんかと付き合わなければよかったって言ってました」

「そう。恵利ちゃんもモニターで見ていた?」

「ええ、真沙江先生と一緒に見ながらアソコをいじり合って、二人でいっちゃったんです」

「うわ、やっぱり二人は女同士で何か関係があったの……」

文男は、そうではないかと思っていたことを口にした。

「ええ、二人で少しだけ舐め合ったり。細めのバイブを貸してもらったことあったけど、やっぱり最初は男の生身を入れた方がいいって言われました」

「すごい……」

文男は訊いて、美人のメガネ教師と美少女が、女同士で戯れる様子を想像して股間が熱くなってきた。

「実は明日香とも、少しだけあるんです」

「そ、そうなの……」

それで、二人は通常の友情ではなく、文男の貸し借りも抵抗が無かったのではないか。

確かに明日香もボーイッシュなところがあるし、真沙江は清楚な外見に似合わず妖しい部分を多く持つ美魔女だから、みな男女の区別などなく快楽を求めているのかも知れない。

「それで、明日また明日香が朝練をサボって来たいというので、明日は三人で楽しみたいんです」

「うわ、本当……？」

文男は、恵利の言葉に激しく胸を高鳴らせた。

「ええ、だからまた明日のために温存して、今夜はもう我慢して下さいね」

恵利が言う。確かに、今日はもう明日香と真沙江を相手に三回射精したから充分過ぎるほどなのだ。

「そ、それなら明日香ちゃんに、今夜も明日もお風呂とシャワートイレと歯磨きしないように伝えてくれる？」

文男は、濃い匂いを求めて言ってしまった。

「もう言ってあるわ。根津さんは濃い方が好きだから、そうした方がいいって明日香に」

「そ、それは嬉しい……」

彼は答え、やがて二人で夕食を終えた。

洗い物を済ませると、恵利は着替えて奥の部屋に引っ込んだ。

明日また明日香が来るのだから、今夜は首輪は付けないでおくのだろう。

文男も恵利の部屋に入り、ベッドに横になった。

ベッドも最初は恵利の匂いが沁み付いていたが、今はだいぶ彼自身の匂いがするようになっている。

昼間少し寝たが、彼は難なく朝までぐっすり眠ることが出来たのだった。

そして翌朝、彼が起き出してトイレで大小をすませると、恵利も起きてきて朝食の仕度をした。

寝起きだから朝立ちの勢いも付き、早くも彼自身は期待に屹立していた。

「明日香は九時頃に来るって」

恵利が言い、朝食をすませると文男はシャワーと歯磨きを済ませ、気もそぞろになって明日香の到着を待った。

(まさか自分の人生で、３Ｐをする日が来るなんて……)

文男は思った。しかも相手の二人は実習時代の教え子たちである。

そして待ち遠しく思っていると、九時前にチャイムが鳴り、明日香が来てくれたのだった。

第五章　濃密な匂い

1

「今日は私のお部屋でお願い。仕度するので少し待ってて」

恵利が言い、何かサプライズがあるのかも知れないと思い、文男はリビングで胸を高鳴らせて少し待った。

するとまもなく恵利から声がかかり、彼も期待に勃起しながら恵利の部屋に入っていった。

「うわ……」

わずかの間にも、室内には二人の美少女の匂いが混じり合って立ち籠め、しかも二人の姿に文男は目を見張って声を洩らした。

何と恵利はセーラー服姿で、明日香は体操服にブルマーではないか。

二人ともコスプレではなく、実際に年中着ている衣装である。

その姿に、文男は教育実習生だった頃の思いを甦らせ、なおさら禁断の思いに包まれた。

「じゃ根津先生だけ脱いで、ここに寝てくださいね」

恵利も、あえて先生と呼び、彼は気が急く思いで服を脱ぎ去り全裸になった。

そしてピンピンに勃起したペニスを晒しながら、ベッドに仰向けになると、二人は着衣のまま左右から挟み付けてきた。

自分だけ全裸なので妖しい興奮が湧き、とにかく文男は身を投げ出し、二人に全てを任せる気になった。

二人とも、欲望と好奇心に目をキラキラさせて頬を紅潮させ、セーラー服と体操服からは、ほのかに甘い匂いが漂っていた。

すでに申し合わせていたように、二人は同時に屈み込み、彼の左右の乳首にチュッと吸い付いてきた。

「あう……」

ダブルの刺激に、思わず文男は声を洩らしてビクリと反応した。

二人も熱い息で肌をくすぐりながら、チロチロと両の乳首を舐め回してくれ、彼はクネクネと身悶えた。

「か、噛んで……」

言うと二人も綺麗な歯並びで左右の乳首を挟み、咀嚼するようにキュッキュッと噛んでくれた。

「ああ、気持ちいい、もっと強く……」

甘美な刺激を受け、さらにせがむと二人もやや力を込め、充分に乳首を味わうと肌を舐め降りていった。

脇腹や下腹にも時に歯が食い込み、何やら文男は美少女たちに全身を食べられているような興奮に包まれた。

そして股間に近づいたものの、二人はペニスを避けて腰から脚を舐め下りていったのである。まるでいつも文男が女性にしている愛撫の順番で、どうやら肝心な部分は最後に取っておくようだ。

太腿も膝小僧も二人の舌と歯で愛撫され、やがて薄い毛脛を通過して足首まで下りると、二人は足裏に回り込んで舌を這わせ、何と同時にパクッと爪先にしゃぶり付いてきたのだ。

しかも指の股に順々にヌルッと舌が割り込むので、

「あう、いいよ、そんなことしなくても……」

文男は申し訳ない快感に呻いて言ったが、二人は厭わず愛撫を続けた。

何やら彼を悦ばせるためではなく、単に二人で男を賞味したいから貪っているだけのようだ。

彼は生温かな泥濘《ぬかるみ》でも踏むような感覚になり、唾液にまみれた指先で美少女たちの舌を挟み付けるという、何とも贅沢な快感に喘いだ。

やがて全ての指の股をしゃぶり尽くすと二人は顔を上げ、文男を大股開きにさせた。

そして左右の脚の内側を舐め上げ、内腿にもキュッと歯が食い込むと、

「く……、気持ちいい……」

彼は甘美な刺激に呻き、二人も頬を寄せ合い、熱い息を混じらせながら股間に迫ってきた。

すると二人は文男の両脚を浮かせ、ペニスよりも先に尻の谷間に迫ってきたのである。両の双丘の丸みにもキュッと歯が食い込み、先に恵利が谷間を舐め回し

てきた。

チロチロと舌先が肛門をくすぐり、ヌルッと潜り込むと、

「あう、いい……」

文男は浮かせた脚をガクガクさせながら、妖しい快感に呻いた。

キュッキュッと肛門で恵利の舌先を締め付けると、彼女も内部で舌を蠢かせ、やがて引き離した。

すかさず明日香の舌が這い回り、同じようにヌルッと侵入してきた。

「ああ……」

彼は微妙に異なる感触を味わいながら喘ぎ、モグモグと肛門で明日香の舌先を味わった。

明日香も熱い鼻息で陰嚢をくすぐり、中で舌を蠢かせてから離れた。

脚が下ろされると、二人は再び頬を寄せ合い、同時に陰嚢にしゃぶり付いてきた。それぞれの睾丸を舌で転がし、チュッと吸い付かれるたび、

「く……」

急所だけに、ダブル攻撃を受けた彼は思わず呻いて腰を浮かせた。

袋全体が生温かなミックス唾液にまみれると、とうとう二人の舌はペニスの裏

側と側面を舐め上げてきた。

滑らかな二枚の舌が幹を撫で、先端まで来ると粘液の滲んだ尿道口が、交互にチロチロと舐め回された。

「アアッ……」

文男は喘ぎ、ヒクヒクと幹を上下させた。

二人も、女同士の舌が触れ合うことも構わず一緒になって張り詰めた亀頭をしゃぶり、代わる代わるスッポリと呑み込んできた。

どちらも幹を締め付けて強く吸い、口の中では満遍なく舌をからめてくれた。

立て続けだと、それぞれの感触や温もりの違いが分かり、そのどちらにも彼は激しく高まった。

さらに二人は顔を小刻みに上下させ、スポスポと強烈な摩擦を交互に繰り返したのである。

「い、いきそう……」

文男は、もうどちらに含まれているか分からないほど快感で朦朧とし、激しく絶頂を迫らせながら警告を発した。

しかし二人は濃厚な愛撫を止めることなく、とうとう文男は激しい絶頂の快感に全身を貫かれてしまったのだった。

「いく……、アアッ……！」

彼は喘ぎ、熱い大量のザーメンをドクンドクンと勢いよくほとばしらせた。

「ンン……」

ちょうど含んでいた恵利が喉の奥を直撃されて呻き、口を離すと、すかさず明日香がしゃぶり付き、余りを吸い出してくれた。

「あうう、すごい……」

文男は魂まで吸い取られる心地で呻き、明日香の口に最後の一滴まで出し尽くしてしまった。

満足しながら硬直を解き、グッタリと身を投げ出すと明日香は亀頭を含んだまま、口に溜まったザーメンをコクンと飲み込み、ようやく口を離した。

そしてなおも幹をしごき、尿道口に脹らむ余りの雫まで、二人で顔を寄せ合ってペロペロと舐め取ってくれたのだ。

もちろん恵利も、口に飛び込んだ濃厚な第一撃は飲み込んでいた。

「も、もういい、ありがとう……」

ダブルフェラの興奮が冷めぬまま、二人分の舌の刺激に彼は腰をよじり、ヒクヒクと過敏に幹を震わせて降参した。

二人も全て綺麗にすると、舌を引っ込めて身を起こした。

「ああ……」

文男は声を洩らし、いつまでも去らぬ動悸の中、セーラー服と体操服の美少女たちを見上げるばかりだった。

「ね、早く回復させて。二人で何でもするから」

明日香が言い、その言葉だけで彼自身はピクンと反応した。

「じゃ、足を顔に乗せて……」

まだ息を弾ませて言うと、二人もすぐに応じ、まずは白いソックスを脱ぎ去って彼の顔の左右に立ち上がった。

見上げると、どうやら恵利のスカートの中はノーパンらしい。

明日香の濃紺のブルマーからも、小麦色した健康的な脚がニョッキリと伸び、二人分を見上げるのは何とも壮観だった。

二人は片方の足を浮かせ、互いの身体を支え合いながら、そろそろと足裏を彼の顔に乗せてくれた。

「ああ……、気持ちいい……」

二人分の足裏を顔に受けるのは、快感も興奮も二倍だった。

文男はそれぞれの足裏を舐め回し、指の間にも鼻を押し付けて嗅ぐと、どちらも汗と脂に湿り、ムレムレの匂いが濃厚に沁み付いていた。

鼻腔を刺激され、彼は二人分の足の匂いにうっとりと酔いしれた。

順々に爪先にしゃぶり付き、指の股に舌を割り込ませ、さらに足を交代してもらい新鮮な味と匂いを貪り尽くしたのだった。

それだけで、満足げに萎えかけていた彼自身が、ムクムクと雄々しく回復し、すぐにも元の硬さと大きさを取り戻したのだった。

2

「顔を跨いで、しゃがみ込んでね」

「じゃ私から」

文男が仰向けのまま言うと、先に明日香が答えてブルマーを脱ぎ去った。

やはり早生まれの恵利より一年近く姉貴分だから、先に行動を起こしてきたのだろう。

これで明日香は、全裸に体操服を着ただけの姿になり、彼の顔に跨がると、和式トイレスタイルでゆっくりしゃがみ込んできた。

陸上で鍛えた脚がM字になると、内腿がムッチリと張り詰め、ぷっくりした割れ目が彼の鼻先に迫ってきた。

はみ出した花びらは、内から溢れる蜜にヌラヌラと大量に潤っている。

腰を抱き寄せ、恥毛の丘に鼻を埋め込んで嗅ぐと、汗とオシッコの蒸れた匂いが、今までで一番濃厚に沁み付いていた。

やはり明日香も、言われた通り昨夜から洗わずにいてくれたのだろう。

うっとりと鼻腔を刺激されながら舌を這わせると、愛液と残尿の混じったヌメリも味が濃く感じられた。

差し入れて膣口の襞を掻き回し、クリトリスまで舐め上げていくと、

「アアッ……、いい気持ち……」

明日香が熱く喘ぎ、力が抜けたようにキュッと彼の顔に座り込んできた。

文男も執拗にクリトリスを舐め回しては、トロトロと溢れる愛液をすすり、味と匂いを堪能した。

「気持ち良さそう……」

恵利が覗き込みながら言い、期待に息を弾ませて順番を待った。

文男は尻の真下に潜り込み、顔に弾力ある双丘を受け止めながら、谷間の蕾に鼻を埋め込み、蒸れた匂いを貪った。

これもビネガー臭の混じった濃い成分が、悩ましく鼻腔を掻き回してきた。

胸を満たしてから舌を這わせ、ヌルッと潜り込ませて滑らかな粘膜を探ると、

「あう……」

明日香が呻き、キュッときつく肛門で舌先を締め付けた。

文男が舌を蠢かせると、割れ目から蜜が滴ってきた。

やがて彼は舌を引き離し、再び割れ目に戻って大量のヌメリをすすったが、

「ダメ、いきそう、待って……」

明日香が言い、自分からビクッと股間を引き離してきた。やはり果てるなら、彼と一つになりたいのだろう。

すると恵利がためらいなく身を起こし、彼の顔に跨がってきた。

しゃがみ込むとやはり内腿がムッチリと張り詰め、割れ目も明日香に負けないぐらい大量の蜜がヌラヌラと溢れている。

その間、明日香はすっかり回復したペニスにしゃぶりつき、刺激を与えすぎな

いよう気をつけながら唾液で潤いを補充していた。

若草に鼻を埋めて嗅ぐと、蒸れた汗とオシッコとチーズ臭が混じり合い、艶めかしく鼻腔を刺激してきた。制服姿だからスカートが顔を覆い、匂いが内部に籠もった。

舌を這わせると、淡い酸味の蜜が流れ込み、彼は喉を潤しながらクリトリスを舐め上げていった。

「あん、いい気持ち……」

恵利が声を洩らし、キュッと割れ目を押し付けてきた。

文男は執拗にクリトリスを舐めては、新たに溢れるヌメリをすすり、さらに尻の真下にも潜り込んでいった。

ひんやりした双丘を顔じゅうに受け、谷間の蕾に鼻を埋めて嗅ぐと、やはり蒸れた匂いが濃く鼻腔を刺激してきた。

胸を満たして舌を這わせ、ヌルッと潜り込ませて粘膜を探ると、

「あう……」

恵利が呻き、肛門で舌先を締め付けてきた。

「ああ、もう我慢できないわ。入れるわね」

するると明日香が言うなり、自転車のようにヒラリと跨がり、唾液に濡れた先端に割れ目を押し当て、息を詰めてゆっくり腰を沈み込ませていった。

たちまち彼自身は、ヌルヌルッと滑らかに根元まで吸い込まれた。

「アアッ……！」

完全に股間を密着させて座り込んだ明日香が、熱く喘ぎながら前にしゃがみ込んでいる恵利の背にもたれかかった。

文男が、充分に恵利の前と後ろを味わうと、恵利はそろそろと股間を引き離して移動し、交接している部分を覗き込んだ。

「すごいわ、深く嵌まってる……」

恵利が言うと、明日香は上体を起こしたまま手早く体操服を脱ぎ去って全裸になった。すると恵利もスカーフを解き、制服とスカートを脱ぎ去って、これで三人とも一糸まとわぬ姿になった。

恵利が文男に横から添い寝してくると、明日香も彼に身を重ねてきた。

文男は抱き留め、上から密着する明日香と、横から体をくっつける恵利の、二人分の温もりを感じた。

「ああ、気持ちいいわ……」

明日香が喘ぎ、腰を動かしはじめた。

しかし文男は、さっき強烈なダブルフェラで射精したばかりだから、勃起していても簡単に暴発する心配はなさそうだ。

彼は肉襞の摩擦と温もり、締め付けと潤いを感じながら、潜り込むようにして明日香の乳首に吸い付いた。

左右の乳首を含んで舌で転がし、顔全体で膨らみを味わってから、隣にいる恵利の体も引き寄せて乳首を舐め回した。やはり二人が相手だから、平等に愛撫しなければならない。

二人の乳首を味わうと、彼は先に明日香の腋の下に鼻を埋め、濃厚に甘ったるい汗の匂いに噎せ返った。

もちろん恵利の腋にも鼻を押し付け、同じように濃い体臭を貪った。

次第に明日香の動きと収縮が激しくなり、いつしか彼女は股間を擦り付けるように腰を遣った。恥毛が擦れ合い、コリコリする恥骨の膨らみも痛いほど押し付けられた。

やがて文男もズンズンと股間を突き上げ、ジワジワと高まってきた。

そして彼は二人の顔を抱き寄せ、三人で唇を重ねたのだ。

二人分の混じり合った息に鼻腔と顔じゅうが熱く湿り、舌を這わせると、二人も厭わずチロチロと舌をからめてくれた。

これも実に贅沢な快感である。

混じり合った唾液が流れ込むと、彼はうっとりと味わい、甘美な悦びに包まれながら喉を潤した。

恵利は、まだ挿入する気はなさそうなので、指を割れ目にはわせ、愛液をたっぷり付けた指の腹で、小さく円を描く様にクリトリスを刺激してやった。

「ああ、もっと強く、いきそうよ……」

「ああ、もっと突いて……」

二人が唾液の糸を引いて口を離すと、彼も二人の喘ぐ口に鼻を押し当てて熱い吐息を嗅いだ。

今までで一番濃厚になった明日香のシナモン臭と恵利の果実臭の息が、混じり合って彼の鼻腔を悩ましく掻き回してきた。

明日香の濃度は十段階で六・五、恵利は八に達した感じで、これほど濃い美少女たちの匂いが嗅げることに、彼も激しく絶頂を迫らせていった。

「唾を掛けて、強く……」

興奮に任せてせがむと、二人も懸命に唾液を溜め、続けざまに口を寄せて遠慮なくペッと吐きかけてくれた。

二人分の唾液の固まりが鼻筋を濡らし、濃く混じり合った匂いとともにトロリと頬を伝い流れた。

「ああ、いく……！」

とうとう文男は声を洩らし、二度目の絶頂に達してしまった。

溶けてしまいそうな快感の中、ドクンドクンとありったけのザーメンを勢いよくほとばしらせると、

「か、感じるわ……、いっちゃう……、アアーッ……！」

噴出を受けた明日香が声を上ずらせ、ガクガクと狂おしく腰をよじりはじめると、同時にクリトリスをいじられている恵利も、ヒクヒクとオルガスムスの痙攣を開始した。

「ああ、気持ちいい……！」

恵利も喘ぎ、三人揃って激しい絶頂に悶えた。

文男は股間を突き上げ、美少女たちの唾液と吐息の匂いと、きつい締め付けと摩擦の中で、心置きなく最後の一滴まで出し尽くしていった。

すっかり満足しながら力を抜き、徐々に突き上げを弱めていくと、

「アア……」

「も、もういいわ……」

明日香がうっとりと喘いでもたれかかり、恵利も言って彼の指を割れ目から離させた。

三人で全身の硬直を解き、グッタリと身を投げ出すと、まだ息づく膣内でヒクヒクと彼自身が過敏に跳ね上がった。

「あう、もうダメ……」

明日香が言い、文男は二人分の熱く濃厚な吐息を嗅ぎながら、うっとりと快感の余韻に浸り込んでいったのだった。

3

「すごかったわ、まだ力が入らない……」

バスルームで、二人はバスマットにぺたりと座って言った。

文男はシャワーの湯で股間を洗い、さすがに中出しした明日香も割れ目を流し

たが、まだ恵利には濃い匂いのままでいて欲しかった。

「入れると、あんなに気持ち良さそうなのね」

「恵利も体験してみたら」

「私は、まだいい……」

明日香に言われたが、恵利はまだ今ひとつ決心がつかないようだった。

「ね、ここに立って」

たちまち回復している文男はバスマットに座って言い、二人を立たせて左右の肩に跨がらせた。

「オシッコかけて」

興奮に任せて文男が言うと、二人も嫌がらず彼の顔に左右から股間を突き出してくれた。文男も二人の脚を抱え込み、左右に顔を向けて交互に割れ目を舐め回した。

明日香の匂いは薄れてしまったが、恵利は濃いままで、舌を這わせると二人とも新たな蜜を湧き出させた。

「あう、出ちゃうわ……」

「私も……、アア……」

いくらも待たないうち、二人は同時に声を洩らし、それぞれの割れ目からチョロチョロと熱い流れがほとばしってきた。

文男も交互に顔を向け、流れを舌に受けて味わった。

どちらもよく似た味と匂いは淡いもので、彼は肌に浴びながら喉を潤した。

現役の女子高生のオシッコの二人分を同時に味わえるなど、一生のうちでも何度もない体験だろう。

それは、この世で最も心地よい人肌のシャワーである。やはり淡くても二人分となると、実に匂いも味も心ゆくまで堪能できた。

「ああ、変な気持ち……」

二人は喘ぎながら、ゆるゆると放尿していたが、ようやく勢いが衰え、ほぼ同時に流れは治まってしまった。

文男は左右の割れ目を交互に舐め、残り香の中で余りの雫をすすった。

ようやく口を離すと、二人も股間を引き離して座り込んだ。

文男と明日香はシャワーを浴び、恵利はそのまま脱衣場に出て拭くだけだ。

やがて身体を拭くと、三人で全裸のまま恵利の部屋に戻った。

「まだ足りないのね、こんなに勃って」

明日香が彼の股間を見て言った。

「私、午後は練習があるから行かないと。でもお昼まで時間はあるから、どうしたいのか言って」

「じゃ、また二人でおしゃぶりして」

文男は仰向けになり、屹立した幹をヒクつかせながら言った。

すると、二人もすぐに彼の股間に屈み込み、顔を寄せ合って亀頭に舌を這わせはじめてくれた。

「こっちにお尻を向けて」

言うと二人も、ペニスをしゃぶりながら四つん這いになり、彼の顔の方に尻を突き出した。

文男は二人の尻を撫で、愛液に濡れた人差し指をそれぞれの肛門に浅く潜り込ませ、親指は膣内に入れて蠢かせた。

「ンン……」

二人は熱い息を混じらせて呻き、念入りに亀頭をしゃぶってくれた。

彼は二人の前後の穴を指でいじり、まるで両手で柔らかなボーリングの球でも握っているような気になった。

二人も前後の穴で指を締め付けながら、代わる代わるペニスを含んで吸っては顔を上下させスポスポと摩擦してくれた。

ダブルフェラに、文男もジワジワと絶頂を迫らせてきた。

「ああ、いきそう……、恵利ちゃんが跨がって擦って……」

喘いで言うと、

「こう？」

恵利が彼の股間に跨がり、濡れた割れ目をペニスに押し付けてくれた。

そのまま身を重ねさせ、明日香には添い寝してもらった。

本当は挿入したいが、それは恵利の決心がついてからで良いだろう。

しかも、どうせなら3Pで慌ただしいときよりも、二人きりで処女喪失をしたかった。

濡れた割れ目でペニスを擦られながら、文男は二人の顔を引き寄せ、また三人で鼻を突き合わせて舌をからめた。

混じり合って注がれる美少女たちの唾液で喉を潤し、濃厚な吐息を胸いっぱいに嗅いで酔いしれた。

最初はぎこちなかったが、次第に恵利もヌメリに合わせ、ペニスをヌラヌラとリズミカルに割れ目で擦ってくれていた。

「顔じゅう唾でヌルヌルにして……」

高まりながら言うと、二人も彼の鼻の穴や頬に舌を這わせてくれ、生温かな唾液にまみれさせてくれた。

二人分のヌメリと匂いに、たちまち彼は絶頂に達してしまった。

「い、いく、気持ちいい……」

文男は口走り、快感に身を震わせながら熱いザーメンをほとばしらせた。

「あう、出てる……」

恵利も噴出を感じて声を洩らし、愛液とザーメンでさらにヌルヌルと滑らかに割れ目を擦ってくれた。

やがて擦り合う互いの股間をヌルヌルにさせ、彼は全て出し切ってグッタリと身を投げ出していった。

恵利も動きを止め、彼にもたれかかったまま、まるで自分が絶頂を終えたように荒い息遣いを繰り返した。

文男も二人分の熱く濃厚な息を嗅ぎながら、うっとりと余韻を味わった。

「すごいわ、三回も出したのね……」

明日香が感心したように言い、やがて恵利が身を離すと、まだ雫を宿している彼の先端を舐め回してくれた。

「あうう、も、もういい……」

文男も過敏に反応しながら呻き、クネクネと腰をよじった。

やがて呼吸を整えると、恵利が股間をティッシュで拭き、文男はまたバスルームへ行って軽く顔と股間を洗って戻った。

すると二人は服を着て、一緒に昼食の仕度をしてくれた。

自分だけ全裸も何なので、彼も下着とシャツを着け、三人で冷凍物のピラフで昼食をすませたのだった。

「私は行くわね。すごく楽しかったわ。じゃまた」

明日香は言い、歯磨きだけしてジャージを羽織り、スポーツバッグを持ってマンションを出ていった。

あんなに濃厚な3Pをしたあとでも、まだクラブ活動でグラウンドを走るとは、何というバイタリティーだろうかと感心した。

すると、片付けと洗い物を終えた恵利が口を開いた。

「明日……」

「うん？　明日なに？」

「してもいいわ。最後まで」

恵利の言葉に、文男は顔を輝かせた。

「ほ、本当……？」

「ええ、明日香がいくのを見て、ようやく決心がついたわ」

「そう、じゃ明日の朝でいい？」

「ええ。でも一つだけお願い。処女を喪《うしな》うときは、歯磨きして体も洗って綺麗にしたいの」

恵利がひたむきな眼差しで言う。

「うん、分かった。じゃ明日の朝、最後に濃い匂いを嗅いでから、一緒にバスルームに入って体を洗って歯磨きして、それから始めよう」

別に細かに段取りを付けなくても良いのだが、せっかく濃くした匂いを初体験の直前にも味わって気を高めたいのだ。

「分かったわ。そうする。じゃ今日は休ませて」

恵利は頷いて言い、奥の部屋へ入っていった。あるいは今日の３Ｐへの期待と興奮で、あまり寝ていないのかも知れなかった。

文男も恵利の部屋に入り、メールチェックだけして、依頼のあった短いコラムにかかった。

今日は朝から、すでに二人を相手に三回射精しているので、気持ちもすっかり落ち着いて仕事に集中できたのだった。

やがて日が暮れると恵利も起き出し、二人で夕食をすませた。

さすがに明日の処女喪失を思うと緊張があるのか、洗い物を終えた恵利はまた部屋に戻り、処女最後の夜を一人で過ごすつもりらしい。

文男はシャワーと歯磨きを終え、また恵利の部屋で仕事をし、やがて夜も更けたのでベッドに横になったのだった。

4

「もう寝ちゃった?」

「うわ、真沙江先生……」

いきなり声を掛けられ、文男は飛び起きた。

真沙江は帰宅して間もないようで、スーツの上着だけ脱いだ姿でベッドに腰を下ろした。

「今日は職員のお疲れさん会があって飲んで、さっき帰ったの。恵利はぐっすり眠っているわ」

真沙江が言う。そういえば頬が上気し、少々呂律も怪しくなっている。

「ここで3Pしたのね。すごい映像だったわ」

「こ、この部屋にも隠しカメラがあるの……？」

文男は驚いて言い、思わずエアコンを見ると、やはり隅に盗撮用のレンズが設置されていた。

「それは、ぬかりないわ。この部屋での恵利のオナニー姿も見たかったし」

真沙江は言い、それでも帰宅して少し録画映像を見ただけで、すぐこちらへ来たらしい。

そして真沙江が服を脱ぎはじめたので、彼も急激に勃起しながら全裸になっていった。

今は少しウトウトしただけで、すぐ興奮に頭が冴えたし、今日は午睡もしたからすっかり心身も回復している。

全裸で再び仰向けになると、真沙江も最後の一枚を脱ぎ去って巨乳を揺すり、ベッドに上がってきた。もちろん彼女は、彼が好むのを知っているので、メガネだけは掛けてくれている。

「膝を立てて」

真沙江が言い、文男が両膝を立てると、彼女は遠慮なく彼の下腹を跨いで座り込んできた。しかも立てた両膝に寄りかかり、両脚を伸ばして足裏を彼の顔に乗せたのだ。

「ああ、いい気持ち、乱歩の人間椅子のようだわ」

少々酔っているらしく、真沙江が言いながら彼に全体重を掛けてきた。

清楚なメガネ美女が、ほろ酔いになっているのも色っぽく、彼は急角度に勃起した幹でトントンと彼女の腰を軽くノックした。

少々重いが、その重みと温もりが嬉しかった。

文男は顔に乗せられた足裏に舌を這わせ、形良く揃った足指の間に鼻を押し付けて嗅いだ。そこは汗と脂に湿り、蒸れた匂いが濃く沁み付いて悩ましく鼻腔が刺激された。

充分に胸を満たしてから爪先にしゃぶり付き、指の股に舌を割り込ませて味わうと、

「あう……」

真沙江が呻き、くすぐったそうにクネクネと腰をよじらせた。そのたびに彼の下腹に割れ目が擦り付けられ、潤いが増してくるのが分かった。

文男は両足とも、全て味と匂いを貪り尽くした。

すると、それを待っていたように真沙江が彼の顔の左右に足を置き、腰を浮かせて前進してきた。

そして完全に跨がり、和式トイレスタイルでしゃがみ込むと、M字になった脚の内側がムッチリと張り詰め、股間に籠もる湿り気と熱気が彼の顔を包み込んできた。

文男も彼女の腰を抱えて引き寄せ、黒々と艶のある茂みに鼻を埋め、濃厚に蒸れた汗とオシッコの匂いに噎せ返った。

鼻腔を掻き回されながら舌を挿し入れると、割れ目内部は大量の愛液が大洪水になっていた。

淡い酸味のヌメリを掻き回しながら、息づく膣口から大きなクリトリスまで舐め上げていくと、

「アア、いい気持ち……」

真沙江が喘ぎ、座り込みそうになって懸命に踏ん張った。

クリトリスを舌先で弾き、チュッと吸い付くと潤いが格段に増してきた。

文男は匂いに酔いしれながら潤いをすすり、執拗に突起を舐め回した。

「ここも舐めて……」

真沙江が言って前進し、尻の谷間を彼の鼻に密着させてきた。

レモンの先のような蕾に鼻を埋め込み、蒸れた匂いを貪ってから舌を這わせ、ヌルッと潜り込ませて滑らかな粘膜を探ると、

「あう……、いいわ……」

真沙江がうっとりと呻き、モグモグと肛門で舌先を締め付けた。

舌を蠢かせ、微妙な味わいのある粘膜を愛撫していると、ようやく前後を舐められて満足したように、真沙江が腰を浮かせて移動していった。

文男の股間に屈み込み、まず陰嚢をヌラヌラと舐め回し、熱い息を籠もらせて睾丸を転がしてから肉棒の裏側をゆっくり舐め上げ、先端に来ると粘液の滲んだ尿道口も念入りにしゃぶった。

張り詰めた亀頭を唾液に濡らすと、丸く開いた口でスッポリと喉の奥まで呑み込み、幹を締め付けて吸った。

「ああ、気持ちいい……」

文男もうっとりと喘ぎ、美人教師の口の中でヒクヒクと幹を震わせた。

彼女は鼻息で恥毛をそよがせながら、クチュクチュと舌をからめて唾液にまみれさせ、顔を上下させスポスポと摩擦してくれた。

彼も快感に任せ、ズンズンと股間を突き上げると、

「ンン……」

喉を突かれた真沙江が呻き、たっぷりと唾液を溢れさせた。

「い、いきそう……」

すっかり高まって言うと、彼女もスポンと口を離して顔を上げ、そのまま身を起こして前進してきた。

文男の股間に跨がり、幹に指を添えて先端に割れ目を押し当てると、息を詰めてゆっくり腰を沈み込ませていった。

張り詰めた亀頭が潜り込むと、あとはヌルヌルッと滑らかに根元まで嵌まり込んでいった。

「アアッ……！　いい……」

真沙江が股間を密着させ、顔を仰け反らせて喘いだ。

味わうように膣内がキュッキュッと締まり、彼も肉襞の摩擦と潤い、温もりと収縮の中で快感を味わった。

彼女は脚をM字にさせ、スクワットするように何度か腰を上下させ、やがて膝を突いて身を重ねてきた。

文男も両手を回して抱き留め、両膝を立てて豊満な尻を支えた。

まだ彼は動かず、潜り込むようにしてチュッと乳首に吸い付き、顔で膨らみを味わいながら舌で転がした。

コリコリと軽く歯で刺激すると、

「あう、もっと強く……」

真沙江が胸を押し付けて言い、収縮と潤いを増していった。

彼も左右の乳首を舌と歯で愛撫し、さらに腋の下にも鼻を埋め込んでいった。

生ぬるくジットリ湿った腋には、濃厚に甘ったるい汗の匂いが沁み付き、彼はうっとりと胸を満たした。

すると真沙江が徐々に腰を動かしはじめ、上からピッタリと唇を重ねてきた。

文男も受け止め、唇の感触を味わいながら舌を挿し入れ、滑らかな歯並びを舐めると、彼女もすぐにヌラヌラと絡みつけた。

彼も徐々に腰を突き動かし、何とも心地よい摩擦を味わった。

大量の愛液で、すぐにも動きがヌラヌラと滑らかになり、溢れた分が陰嚢の脇を生温かく伝い流れた。

「ンン……」

真沙江が熱く呻いて彼の鼻腔を湿らせ、やがて互いの動きが激しくなってくると、ピチャクチャと淫らに湿った音が響いてきた。

「アア……、すごいわ、いきそうよ……」

真沙江が唾液の糸を引いて口を離し、熱く喘ぎながら収縮を強めた。

美人教師の吐き出す湿り気ある息には、彼女本来の花粉臭に混じり、アルコールの香気と、ほのかなガーリック臭も混じって悩ましく文男の鼻腔を掻き回してきた。

雪女のように清楚な美女が、刺激臭をさせているというギャップ萌えに、彼自身は膣内でヒクヒクと歓喜に震えた。

「唾を飲ませて……」

言うと真沙江も懸命に唾液を溜め、口移しにトロトロと注いでくれた。

小泡の多い粘液を味わい、彼はうっとりと喉を潤しながら突き上げを強めていった。

「い、いっちゃう……、アアーッ……！」

真沙江が先にオルガスムスに達し、ガクガクと狂おしい痙攣を開始した。

その収縮に巻き込まれながら、続いて文男も昇り詰めてしまった。

「く……、気持ちいい……」

彼は快感に呻き、ありったけの熱いザーメンをドクンドクンと勢いよく膣内にほとばしらせた。

「あう、熱いわ、もっと出して……」

噴出を感じた真沙江が口走り、文男も快感を嚙み締め、心置きなく最後の一滴まで出し尽くしていった。

そして満足しながら突き上げを弱め、力の抜けた真沙江がグッタリともたれかかってくると、文男は収縮と濃厚な吐息を感じながら、うっとりと快感の余韻に浸り込んでいったのだった。

5

「そう、明日の朝に……。いよいよ恵利も決心がついたのね」

バスルームで身体を流すと、真沙江が文男に言った。

「ええ、やっとです」

「そう、じゃ明日は邪魔しないようにするわね」

真沙江が言い、文男は湯に濡れた肌を見ているうち、またムクムクと回復してきてしまった。ましてバスルームでは彼女もメガネを外しているので、その美貌に新鮮な興奮が湧いてしまうのだ。

「まあ、もう充分でしょう。今日は3Pだってしたようだから、明日のために取っておけば？」

真沙江が、勃起に気づいて呆れたように言った。

「ええ、じゃオシッコだけ下さい」

「まあ、バスルームに入ると必ず求めるのね」

「僕にとって、バスルームはオシッコプレイのためにあるようなものですから」

つい先日まで童貞だったのに、彼はすっかり自分のパターンを持ってしまったように答えた。

「いいわ、出る頃だから」

真沙江は言って気軽に立ち上がり、座っている彼の顔に股間を突き出した。

しかもよく見えるように、両手の指で割れ目を広げ、すっかり満足した膣口まで丸見えにさせた。

文男も顔を寄せ、まだ濡れている割れ目に舌を這わせると、すぐにも奥の柔肉が妖しく蠢いた。

「あう、出るわ……」

彼女が言うなり、最初から勢いよくほとばしってきた。

口に受け、いつもより濃い匂いと味を感じながら喉に流し込んだ。流れにもアルコールの香気が混じり、彼まで酔いそうだった。

「ああ、いい気持ち……」

股を開いてスックと立ち、自ら割れ目を広げて延々と放尿しながら真沙江が喘いだ。

彼は温かな流れを肌にも浴び、匂いに包まれて幹を震わせた。

ようやく勢いが徐々に弱まり、完全に流れが治まったが、余りの雫がポタポタと滴り、愛液が混じってツツーッと糸を引いた。

それを舐め回し、大きなクリトリスに吸い付くと、

「アア、もういいわ……」

真沙江が言って身を離し、しゃがみ込んでもう一度シャワーを浴びた。

「どうする？　もう一回抜く？」

彼女が、ピンピンになっているペニスを見て言う。

「ええ、どうせこのままじゃ落ち着いて寝られないし、一晩寝ればすっかり回復するので」

「じゃお口に出す？」

真沙江が言ってくれ、彼はバスマットに横たわった。

すると彼女が屈み込み、まずは巨乳を擦り付け、谷間に挟んで両側から揉んでくれた。

「ああ、気持ちいい……」

文男は、肌の温もりと巨乳の感触に包まれて喘いだ。

そして彼女が先端に顔を寄せようとすると、

「いきそうになるまで指でして……」

彼は言い、真沙江に添い寝してもらった。そして腕枕させ、指でしごいてもらいながら彼女の口を求めた。

充分に舌をからめ、唾液を飲ませてもらってから、開いた口に鼻を押し込んで濃厚な息を嗅いで胸を満たした。

「ああ、いい匂い……」

「うそ、今日はすごく匂うはずだわ」

「それがいい。ギャップ萌えで」

「まあ、恥ずかしいのに……」

真沙江は言いながらも、大きく開いた口で彼の鼻を覆い、熱く湿り気ある息を強く吐きかけ、好きなだけ嗅がせてくれた。

その間も指による愛撫が続いている。

文男は胸いっぱいに美人教師の濃い吐息を満たし、

「いきそう……」

すっかり高まって言った。すると真沙江もすぐに顔を股間に移動させ、張り詰めた亀頭にしゃぶりついてくれた。

舌をからめてたっぷり唾液に濡らし、顔を上下させ、濡れた口でスポスポとリズミカルに摩擦しはじめた。

彼も股間を突き上げ、摩擦を強めながら絶頂を迫らせた。

真沙江は摩擦と吸引、舌の蠢きを巧みに続け、とうとう文男は昇り詰めてしまった。

「い、いく……、気持ちいい……！」

全身を大きな快感に貫かれて口走り、まだ余っていたかというほど大量のザーメンがドクンドクンと勢いよくほとばしった。

「ク……、ンン……」

喉の奥を直撃された真沙江が呻き、さらにチューッと強く吸い出してくれた。

「あう、すごい……」

陰嚢から直に吸い取られるような快感に、彼は思わず腰を浮かせ、身を反らせながら呻いた。たちまち最後の一滴まで出し尽くすと、徐々に彼はグッタリと力を抜き、大きな満足の中で身を投げ出していった。

真沙江も動きを止めると、唇でしごくように引き離し、コクンと喉を鳴らして飲み込んだ。

まだ幹をニギニギと指で刺激し、尿道口に脹らむ余りの雫までチロチロと念入りに舐め取ってくれた。

「も、もういいです……」

文男は腰をくねらせ、過敏に幹を震わせて言った。

「これで今日の射精は完全に打ち止めね」

真沙江も舌を引っ込めて言い、互いにもう一度シャワーを浴びた。

文男も余韻を味わってから身体を拭き、一緒にバスルームを出た。

真沙江は、寝しなの歯磨きは隣の自宅でするらしく、下着だけ着けると服を抱え、そのまま隣家へと行ってしまった。

文男もシャツとトランクス姿で、灯りを消して恵利のベッドに横になった。

（今日は五回も射精してしまったか……）

暗い部屋で、彼は思った。

今までで最も濃厚な一日だった気がする。何しろ3Pまで体験したのだ。

もちろん一番良かったのは初体験であるが、こうして日々エスカレートしてゆき、いったい最後はどこへ辿り着くのだろう。

（とにかく、いよいよ明日だ……）

彼は思い、そのままぐっすり眠り込んだのだった……。

――翌朝、いつものように恵利の部屋で目覚めた文男はベッドから起き上がった。

目覚めも良く、もちろん一夜明けてすっかり心身も回復していた。

しかも恵利の処女が貰えるという期待に、朝立ちの勢いも手伝ってペニスはピンピンに張り切っている。

彼は顔を洗い、トイレで大小の用をすませ、朝食の仕度をしているとパジャマ姿の恵利も起き出してきた。

「おはよう」

恵利が言い、やや緊張気味だが、その決心も揺らいでいないらしく、彼も安心したものだった。

一緒にレトルトのパスタと野菜サラダ、スープで朝食をすませ、少し休憩すると、いよいよ文男も期待が高まってきた。

「じゃ先にシャワーを浴びてるから、あとで呼ぶね」

彼は言い、洗面所で全裸になると、バスルームで歯を磨きながら全身を洗い流した。

そして勃起を抑え、放尿まですませると、ひとつ深呼吸してから恵利を呼んだ。

「来てもいいよ」

声を掛けると恵利が洗面所に来て脱ぎ、パジャマや下着を洗濯機に入れた。

そして歯ブラシを手にしてバスルームに入ろうとするので、

「待って、足を濡らす前に嗅がせて」

彼は押しとどめて言い、床に座り込んだ。

そして恵利の足首を摑んで浮かせ、指の股に鼻を割り込ませ、今までで最も濃厚に蒸れている匂いを嗅ぎ、爪先にしゃぶり付いて汗と脂を貪った。

「あん……」

恵利は喘ぎ、洗面所に立ったまま手すりに摑まり、足だけバスルームの彼に向けてガクガクと膝を震わせた。

文男は両足とも味と匂いを吸収し、ようやく気がすんで彼女をバスルーム内に招き入れたのだった。

第六章　最後までして

1

「じゃ洗う前に顔にしゃがんでね」

文男がバスマットに仰向けになって言うと、恵利も素直に彼の顔に跨がり、和式トイレスタイルでしゃがみ込んできた。

脚がM字になると、白い内腿がムッチリと張り詰め、ぷっくりした少女の割れ目が鼻先に迫った。

腰を抱き寄せ、ほんのり湿った恥毛に鼻を埋めて嗅ぐと、蒸れた汗とオシッコの匂い、それにほのかなチーズ臭が混じって悩ましく鼻腔を刺激してきた。

もう彼女の一生で、彼が今後懇願しない限り、恐らくここまで匂いが濃くなることなどないのだろう。

「ああ、いい匂い……」

文男は鼻腔を満たしながら言い、舌を挿し入れていった。

すでに割れ目内部は熱く清らかな蜜が溢れ、すぐにもヌラヌラと舌の動きが滑らかになった。

無垢な膣口の襞をクチュクチュ掻き回し、小粒のクリトリスまで舐め上げていくと、

「アアッ……!」

恵利がビクッと反応して喘ぎ、両手でバスタブのふちに摑まった。

何やらオマルにでも跨がっているような感じだ。

チロチロと小刻みにクリトリスを刺激すると、愛液の量が格段に増してきた。

味と匂いを堪能してから、文男は尻の真下に潜り込み、顔じゅうに双丘を受け止めながら谷間の蕾に鼻を埋め込んで嗅いだ。

生々しく蒸れた匂いが籠もり、彼はゾクゾクと興奮を高めながら貪り、胸を満たしてから舌を這わせた。

細かに息づく襞を舐めて濡らし、ヌルッと潜り込ませると、滑らかな粘膜は淡く甘苦い味わいがあった。

「く……！」

恵利が呻き、キュッときつく肛門で舌先を締め付けてきた。

文男は充分に舌を蠢かせてから、再び割れ目に戻って大量に溢れるヌメリをすすった。

「ああ……、もう……」

そろそろ体を洗いたいように、恵利が喘いで腰をよじった。

「オシッコ出る？」

「少しなら……」

真下から言うと恵利が答え、早くすませたいのか、すぐにも息を詰めて下腹に力を込め、尿意を高めはじめてくれた。

舐めていると柔肉が迫り出し、温かな流れが溢れてきた。

「あん、出る……」

恵利が言うなり、チョロチョロと勢いのついた流れがほとばしり、彼の口に注がれてきた。文男は味わい、噎せないよう夢中で喉に流し込み、甘美な悦びで胸を満たした。

何日も洗っていなくても、出るものは味も匂いも淡く上品なものである。

仰向けなので、口から溢れた分が頬を濡らし、耳の穴にも入ってきた。

しかし一瞬勢いがついたが、恵利が言うようにあまり溜まっていなかったか、すぐに流れは治まってしまった。

文男は残り香の中で余りの雫をすすり、割れ目内部を舐め回した。

「アア……、もうダメ……」

しゃがみ込んでいられなくなったように恵利が言って、股間を引き離してしまった。

文男も身を起こし、座ったまま彼女の乳首に吸い付いて舐め回してから、腋の下に鼻を埋め込んで嗅いだ。

生ぬるく湿った腋にも、今までで一番濃厚に甘ったるい汗の匂いが沁み付いていた。彼は美少女の体臭を貪り、両脇とも存分に嗅ぎまくり、記憶に刻みつけたのだった。

「さあ、じゃ洗ってあげるね」

ようやく彼が言うと、恵利もほっとしたように椅子に座った。

シャワーの湯を浴びせてやり、ボディソープを含ませたスポンジで滑らかな背中を洗ってやると、恵利は屈み込んで髪にも湯を浴び、自分でシャンプーしはじめた。

文男は匂いが薄れるのを惜しみながら、甲斐甲斐しく肩から背中、腋から脚まで擦ってやった。

恵利はシャンプーブラシで頭皮を掻き、彼は脚の指まで念入りに洗い、腰を浮かせて尻の谷間もスポンジで擦ってやった。

彼女がシャワーの湯でシャンプーを洗い流し、リンスを付けると文男は両腕も洗ってやり、やがて彼女が髪を洗い終えると正面を向かせた。

乳房から、あらためて両脇、脇腹から臍、そして股間にもスポンジを当てた。

「ああ、気持ちいい……」

恵利がうっとりと脚を投げ出して言う。全身が綺麗になっていくのは、やはり心地よいのだろう。

彼は自分の股間も流し、やがて恵利の全身を洗い終えた。

「じゃ歯磨きしてあげるから、また跨いでね」

文男は言い、歯ブラシを手にして再び仰向けになると、恵利も素直に腹に跨がり、彼の顔の左右に両肘を突いて顔を寄せてくれた。

「ミントの匂いはあまり好きじゃないので、歯磨き粉は付けなくてもいい？」

「ええ、隅々まで磨いてくれるなら……」

「そう、じゃその前に匂いを嗅がせて」

言って顔を引き寄せ、彼は恵利の開いた口に鼻を押し込んで吸い込んだ。

濃厚に甘酸っぱい匂いが悩ましく鼻腔を掻き回し、うっとりと胸に沁み込んできた。

濃度は十段階の八プラスで、あと一日経ったら抵抗を感じる刺激になるかも知れない。

今がちょうど、悪臭と感じる一歩手前で、最も興奮する匂いなので惜しいが仕方がない。

文男は濃い果実臭に、ほのかなプラーク臭の混じった美少女の吐息を嗅ぎまくってから、やがて歯ブラシを手にした。

ペンホルダー型に柄を握り、上の前歯から小刻みに磨きはじめてやると、彼女が下向きで口を開いているため、トロトロと清らかな唾液が垂れてきた。

それを舌に受けて味わいながら、文男は奥歯まで磨き、下の歯並びも丁寧にブラッシングした。

その間も、歯垢混じりの唾液が滴り、彼は白っぽい小泡混じりの粘液を心ゆくまで味わった。

やがて彼は美少女の甘酸っぱい吐息と滴る唾液を味わいながら、上下とも奥の方まで磨き終えた。

「ベロを出して」

言うと恵利も素直に舌を伸ばし、彼は軽くブラシを当てて擦り、味蕾も綺麗にしてやった。

「えーっ……」

喉の奥に触れると恵利がえずき、さらに多くの唾液を吐き出してきた。

文男は顔じゅうヌルヌルにまみれながら、ようやく彼女に歯ブラシを渡した。

「じゃ足りないところは自分で磨いてね」

言うと恵利も受け取り、再び椅子に座って鏡に向き直り、自分で奥まで丁寧に磨いた。

やがて終えると、口に溜まった唾液も飲ませてもらい、彼女は口を漱《すす》いで顔も洗った。

鼻を寄せて吐息を嗅がせてもらうと、残念ながら濃度は十段階の二弱にまで落ちてしまい、それでもほんのりと桃でも食べたような甘酸っぱい匂いが微かに感じられた。

そして、あらためて二人でシャワーを浴びて立ち上がり、バスルームを出た。

洗面所で二人は髪と身体を拭き、恵利は綿棒で耳を掃除し、ドライヤーで髪を乾かした。

「ああ、さっぱりしたわ……」

恵利が鏡越しに、笑窪を浮かべて彼に言った。正に、長く監禁されたお姫様がようやく家に帰ってきたようである。

二人は全裸のまま、奥の部屋に移動した。

もちろん彼自身は、ずっと勃起しっぱなしである。

「ね、入れる前に唾で濡らして」

文男が仰向けになって言うと、恵利も彼の股間に屈み込んで舌を伸ばし、チロチロと先端を舐め回してから、張り詰めた亀頭を含み、スッポリと喉の奥まで呑み込んでくれた。

幹を締めつけて吸い、熱い息を股間に籠もらせながら、口の中ではクチュクチュと満遍なく舌がからみついてきた。

「ああ、気持ちいい……」

文男は、滑らかに蠢く舌の刺激に幹を震わせて喘いだ。

恵利もたっぷりと唾液を出しながら舌の蠢きと吸引を続け、これから自分の中に入ってくる肉棒を味わっていた。

吸い付くたび、上気した頰に可憐な笑窪が浮かんだ。

さらに顔を上下させ、濡れた口でスポスポとリズミカルに摩擦されると、文男も充分過ぎるほど高まってきたのだった。

2

「いいよ、じゃ仰向けになって」

文男が言うと、恵利はチュパッと軽やかな音を立てて口を離し、横になってきた。彼も入れ替わりに身を起こし、仰向けにさせた恵利の乳首にチュッと吸い付いていった。

「アア……」

早くも恵利が喘ぎ、クネクネと身悶えはじめた。

やはり今日だけは今までの戯れとは違い、洗ったこともあって身も心も清らかな気持ちで臨んでいるのだろう。

文男は左右の乳首を充分に愛撫し、舌で転がして味わい尽くした。

腋からは湯上がりの香りしかしないので、そのまま肌を舐め降り、股を開かせて股間に迫った。

もう足指も肛門も、洗ったばかりのため嗅いだり舐めたりしても仕方がないだろう。

彼は白くムッチリと張り詰めた内腿を舐め上げ、割れ目に顔を寄せていった。

指で陰唇を広げると、すでに息づく膣口は、受け入れる準備を整えたようにネットリとした蜜に潤っている。

恥毛の丘に鼻を埋め、湯上がりの匂いを含んだ熱気を嗅ぎ、舌を挿し入れると淡い酸味のヌメリが迎えた。

間もなく処女を喪う膣口の襞をクチュクチュと舌で掻き回し、柔肉をたどってクリトリスまで舐め上げていくと、

「アアッ……、いい気持ち……」

恵利がビクッと顔を仰け反らせて熱く喘ぎ、内腿でキュッと彼の両頬を挟み付けた。

文男ももがく腰を抱え込んで押さえ、執拗にクリトリスを舐め回し、時に吸い付いて潤いを増やしていった。

「アア……、も、もう……」

すっかり高まったように恵利が言い、せがむように腰をくねらせた。

文男も待ち切れず、いよいよと思い身を起こして股間を進めた。

何しろバスルームで彼女の濃厚な匂いを味わっていながら、今日はまだ一度も射精していないのである。

彼は幹に指を添え、先端を下向きにさせて濡れた割れ目に擦り付け、潤いを与えながら位置を定めていった。

恵利もすっかり神妙な様子で股を開き、睫毛を伏せてそのときを待っていた。

「じゃ、入れるよ」

言うと彼女も小さくこっくりし、文男はグイッと押し込んでいった。

張り詰めた亀頭がズブリと潜り込むと、処女膜の丸く押し広がる感触が伝わって、あとは潤いも豊富なので、そのままヌルヌルッと一気に根元まで挿入してしまった。

処女相手は痛みが一瞬ですむよう、ゆっくりでなく一気に入れるのが良いとネットで読んだことがある。

「あう……！」

恵利が眉をひそめて呻き、キュッときつく締めつけてきた。

文男は股間を密着させ、熱いほどの温もりと充分な潤い、きつい締めつけと摩擦快感を味わいながら、とうとう初めて処女を攻略した感激に包まれた。

「大丈夫？　無理だったら言うんだよ」

「平気……、最後までして……」

囁くと恵利が健気に答え、支えを求めるように両手を伸ばしてきた。

文男も脚を伸ばしてゆっくり身を重ねていくと、彼女は下からしっかりと両手を回してしがみついた。

胸の下では乳房が押し潰れて心地よく弾み、腹が合わさって恥毛が擦れ合い、コリコリする恥骨の膨らみも伝わってきた。

彼も恵利の肩に腕を回して顔を寄せ、まだ動かずに上からピッタリと唇を重ねていった。

唾液に湿った唇の感触を味わい、舌を挿し入れて滑らかな歯並びを左右にたどると、

「ンン……」

恵利も歯を開いて受け入れ、小さく呻きながらチュッと彼の舌に吸い付いてきた。チロチロとからめると、生温かな唾液に濡れた美少女の舌が、何とも心地よく滑らかに蠢いた。

文男も我慢できなくなり、様子を探るように少しずつ小刻みに腰を突き動かしはじめると、

「ああッ……!」

恵利が口を離して顔を仰け反らせた。

締め付けはきついが潤いが充分だから、すぐにも彼はリズミカルに律動できるようになっていった。

彼もいったん動きはじめると、あまりの快感に腰が止まらなくなっていた。

そして喘ぐ恵利の口に鼻を押し込み、すっかり薄れたものの微かに甘酸っぱい果実臭の息を嗅ぎながら、ジワジワと高まっていった。

次第に恵利も、破瓜の痛みが麻痺してきたか、無意識にズンズンと股間を突き

上げはじめていた。

あるいは真沙江から借りたバイブで、ペニスよりずっと細いものだったようだが、挿入体験もしていたようだから徐々に快感を得ているのかも知れない。

快感と潤いに任せ、いつしか文男は股間をぶつけるほどに激しく動きはじめていた。

動きに合わせ、クチュクチュと湿った摩擦音が聞こえ、収縮と潤いも増して、彼も激しく絶頂を迫らせてしまった。

「い、いく……、気持ちいい……!」

とうとう彼は昇り詰めて快感に口走ると、熱い大量のザーメンをドクンドクンと勢いよく注入した。

「あ、熱いわ、すごい、アアッ……!」

噴出を感じた恵利がビクッと反応して言い、さらにきつくキュッキュッと締め付けてきた。中に満ちるザーメンで、さらに動きがヌラヌラと滑らかになっていった。

文男は心ゆくまで快感を味わい、処女を征服した感激とともに、すっかり満足しながら徐々に動きを弱めていった。

そして力を抜いてもたれかかり、完全に動きを止めたが、まだ膣内は異物を確かめるような収縮が繰り返され、刺激された幹が中でヒクヒクと過敏に跳ね上がった。

「あう、まだ動いてるわ……」

恵利が呻いて言い、突き上げを止めてグッタリと身を投げ出していった。

文男は彼女の喘ぐ口に鼻を押し込んで湿り気を吸い込み、甘酸っぱい桃の香りで胸を満たしながら、うっとりと余韻を味わった。

あまり長く乗っているのも悪いので、呼吸を整えると身を起こし、そろそろと股間を引き離してティッシュを手にした。

手早くペニスを拭いながら割れ目を覗き込むと、陰唇が痛々しくめくれ、膣口から逆流するザーメンにうっすらと鮮血が混じっていた。

それでも量はほんの少しで、すでに止まっているようだ。

そっとティッシュを押し当ててヌメリを拭い、彼は添い寝していった。

「痛かった?」

「ええ、でも最初だけ。あとは奥が熱くて、何だか気持ちよかった……。まだ中に何か入っているみたい……」

訊くと、恵利が感覚を思い出しながら答えた。

「そう、これからはするたびにどんどん気持ちよくなっていくよ」

「うん。これで、もう大人の仲間入りしたのね……」

恵利が言い、横から肌をくっつけて感慨に浸っているようだった。

もちろん文男も、一回の射精で気がすむはずもない。今まで出来なかった挿入をしたのだから、すぐにも彼自身はムクムクと回復し、たちまち元の硬さと大きさを取り戻してしまった。

それに気づいたように、そっと恵利が手を伸ばして亀頭を撫でてくれた。

「またしたいのね……」

ペットに言うように囁き、まるで猫の顎でも撫でるように指先で亀頭の裏側を探った。

「うん、でも立て続けはきついだろうから、指とお口でして」

「ううん、もう一度入れてみたいわ。今度はじっくり味わってみたいの」

文男が答えると、恵利が言って身を起こし、顔を移動させて彼の股を開かせ、顔を迫らせてきた。

そして大胆にも彼の両脚を浮かせ、尻の谷間に舌を這わせると、ヌルッと肛門に潜り込ませてくれたのだ。

「あう……」

文男は浮かせた脚を自ら抱え、妖しい快感に呻きながら、モグモグと味わうように美少女の舌を肛門で締め付けた。

恵利も熱い鼻息で陰嚢をくすぐり、中でクチュクチュと舌を蠢かせてくれた。

文男自身は、内側から刺激されてヒクヒクと幹を震わせ、新たな粘液を滲ませはじめた。

やがて充分に愛撫すると彼女は舌を離して脚を下ろし、陰嚢にしゃぶりついて睾丸を転がした。

袋全体を生温かな唾液にまみれさせると、前進して肉棒の裏側をゆっくりと舐め上げた。先端まで来ると粘液の滲む尿道口をチロチロと舐め、自分の処女を奪ったばかりの亀頭にしゃぶり付いた。

そのままスッポリと呑み込み、吸いながら舌をからめ、顔を上下させてスポスポと摩擦してくれた。

処女を卒業したばかりの恵利の愛撫に、文男は急激に高まってしまった。

3

「ああ、また入れてもいいなら、上から跨いで……」

文男が言うと、恵利もすぐに口を離して身を起こし、前進して彼の股間に跨がってきた。

自分から幹に指を添えて先端に割れ目を押し当て、

「入れるわ……」

言いながら腰を沈み込ませていった。張り詰めた亀頭が潜り込むと、あとは新たな潤いと重みで、ヌルヌルッと根元まで受け入れた。

「あぁッ……」

股間を密着させると恵利が顔を上向けて喘ぎ、ぺたりと座り込んだ。

文男も、二度目の挿入快感と摩擦を味わい、熱い肉壺にキュッと締め上げられながら快感を噛み締めた。

恵利は真下から杭に貫かれたように硬直していたが、初回ほどの痛みはないようで、すぐにも身を重ねてきた。

文男も両手を回して抱き留め、両膝を立てて尻を支えながら、重みと温もりを味わった。

「唾を垂らしてね」

「あんまり出ないわ……」

せがむと、恵利は言いながら懸命に分泌させてクチュッと垂らしてくれた。

喘ぎ続けで口中が乾いているせいか、甘酸っぱい吐息の匂いがやや濃くなっていた。

文男は美少女の唾液と吐息を味わいながら、徐々にズンズンと股間を突き上げはじめた。

「アア、いい気持ち、もっと強く突いて……」

恵利が答え、急激な成長を遂げているように、突き上げに合わせて自分からも腰を動かしはじめた。

溢れる愛液で動きが滑らかになり、文男は果実臭の吐息を嗅ぎながら、摩擦と締め付けで絶頂を迫らせていった。

「下の歯を僕の鼻の下に当てて……」

言うと恵利も素直に口を開き、下の歯並びを彼の鼻の下に引っかけてくれた。

そして文男は、美少女の口の中の匂いをうっとり嗅ぎながら突き上げを強めていった。

「い、いく……！」

たちまち彼は二度目の絶頂に達し、快感とともにありったけのザーメンをドクンドクンと勢いよくほとばしらせてしまった。

「ああ……、き、気持ちいいわ……、アアーッ……！」

すると奥深くに噴出を受けた恵利が声を上ずらせ、ガクガクと狂おしい痙攣を開始したのである。どうやら一人前に、膣感覚によるオルガスムスを得てしまったらしい。

あとは声もなく恵利は身悶え、きつい締め付けと収縮を繰り返した。

文男も心ゆくまで快感を噛み締め、最後の一滴まで出し尽くしていった。

「ああ、よかった……」

文男は満足して言いながら、突き上げを弱めていった。

いつしか恵利も肌の硬直を解き、グッタリと彼にもたれかかっていた。

息づく膣内でヒクヒクと幹を震わせ、彼は重みと温もりの中、甘酸っぱい吐息を嗅いでうっとりと余韻に浸り込んだ。

「いま……、いったのかしら。溶けてしまいそうに気持ちよかった……」

恵利が、自身の奥に芽生えた感覚を探るように言った。

重なったまま呼吸を整えると、ようやく恵利が身を起こし、そのまま彼もベッドを降りた。

一緒にシャワーを浴び、身体を拭いて全裸のまま、昼食を摂った。

終えると文男だけ歯磨きをし、またベッドに戻って添い寝し、戯れ合っていたが、いつしか文男はそのまま眠り込んでしまったようだった……。


——目が覚めると、窓の外はすっかり暗くなっている。

(ああ、もう夜になっちゃったか……)

文男は思ったが、隣に恵利はいない。

全裸で身を起こすと、カチャリと鎖の音がして違和感を感じた。

気がつくと、文男は首輪を嵌められ、鎖がベッドの脚に固定されているではないか。

(え……?)

彼はベッドを降り、固定された鎖を見た。

簡易ベッドの脚はスチール製で横長のUの字型だから、ベッドを浮かせて引き抜けるようにはなっていない。元より、恵利を監禁していたときから承知していたことで、当然ながら首輪も鍵がなければ外せないのだ。

床には、洗面器とティッシュの箱が置かれているだけである。

どうやら、今度は文男が監禁されたようだった。

「恵利ちゃん……」

声を掛けると、すぐ彼女が応じ、ドアを開けて入ってきた。恵利の手には夕食の盆と、彼のスマホやノートパソコンがあった。

「連休の残り、私が文男さんを飼ってあげるね」

恵利は、文男さんと呼ぶようになっていた。

着衣の恵利は床に、リゾットとスープ、水の入った盆と、パソコンやスマホを置いた。

そしてすぐに出ていってしまい、ドアが閉められた。

スマホとパソコンがあれば、仕事の依頼には応えられる。もちろん連休の間だけだろうから、助けを呼ぶようなことはしない。

そもそも助けに来てくれる友人などいないし、警察を呼ぶぐらいなら、恵利に懇願して首輪を外してもらえばいいのだ。

だいいち、警察になど何も説明できないではないか。

それにしても、部屋から出られないという圧迫感は、されなければ分からない感覚であった。

とにかく文男は、食事をすませて水を飲んだ。

そしてメールチェックをして、コラムの依頼も無いのを確認してから、特に尿意も覚えないので再び横になった。

恵利の場合は囚われのお姫様だったが、自分は家畜か、欲望解消のためのペットのようで、それはそれで妖しい興奮を覚えた。

ひと眠りしたため、また心身はリセットされて股間がムズムズしていた。

そういえばここへ来てから数日間、一度もオナニーをせず、毎日何度となく生身の女体を相手に射精し続けて、それがすっかり習慣のようになってしまっていたのだった。

と、足音が聞こえてドアが開き、何と恵利と真沙江の二人が入ってきたのだ。

どうやら二人で夕食を終えたところらしい。

「まあ、首輪が良く似合うわね」

メガネ美女が言い、二人で服を脱ぎはじめた。

(また3P……?)

文男は、期待と興奮に胸を高鳴らせた。

先日の、美少女二人も一生に一度ぐらいの感激だったが、今日は女教師と美少女が相手にしてくれるのだろうか。

当然ながら真沙江は、この部屋の様子も自室で録画しているに違いない。

たちまち二人は、生ぬるく甘ったるい匂いを揺らめかせて一糸まとわぬ姿になり、ベッドに上って左右から彼を挟み付けてきた。

何やら、雪女と猫娘に弄ばれるようで、彼はすっかりピンピンに勃起した。

4

「すごい、監禁されてもこんなに勃ってるわ」

真沙江が言い、文男の股間に屈み込むと、恵利も厭わず同じように口を寄せ、同時にチロチロと先端を舐め回してきた。

「ああ……」

仰向けになった文男は、最も感じる部分を二人の舌に翻弄されて喘いだ。

女同士の舌が触れ合っても、二人は全く気にならないようだ。

まして真沙江は清楚な顔立ちに似合わず、相手が何であれ快感の対象にしてしまう美魔女だし、恵利も明日香のとき以上に、亀頭と同時に真沙江の舌を舐め回している。

何やら彼は、レズビアンのディープキスの間に亀頭を割り込ませているような気分になった。

交互に尿道口を舐め尽くすと、真沙江がスッポリとペニスを呑み込んでゆき、同時に彼の顔に股間を向けて跨がってきた。

女上位のシックスナインとなると、恵利が彼の両脚を浮かせ、尻の谷間を舐め回してくれた。

「く……」

文男は快感に呻き、ペニスと肛門を舐められながら、目の前に迫る真沙江の股間を抱き寄せた。

潜り込んで真沙江の恥毛に鼻を擦りつけて嗅ぐと、今日も濃厚に蒸れた汗とオシッコの匂いが悩ましく鼻腔を刺激してきた。

充分に胸を満たしてから割れ目に舌を這わせると、膣口からはヌラヌラと大量の愛液が溢れてきた。

その間も、恵利はヌルッと肛門に舌を挿し入れて蠢かせ、真沙江も深々と含んで吸い付き、舌をからめていた。二人の混じり合った息に、間にある陰嚢が生ぬるく湿った。

胸いっぱいに嗅いでから割れ目に舌を這わせ、淡い酸味のヌメリを掻き回してから、大きく突き立ったクリトリスに吸い付いた。

「ンンッ……」

含んでいた真沙江がビクリと反応して呻き、反射的にチュッと強く吸い付いてきた。

恵利も舌を出し入れさせるように蠢かせ、充分に肛門を愛撫してくれている。

文男は真沙江の味と匂いを堪能し、さらに伸び上がって尻の谷間に鼻を埋め、レモンの先のように突き出た蕾に籠もる蒸れた匂いを貪った。

舌を這わせ、ヌルッと潜り込ませて滑らかな粘膜を探ると、

「アアッ……、もうダメ……」

真沙江が舌先を肛門でキュッと締めつけ、スポンと口を離して喘いだ。

するると恵利が彼の脚を下ろして前進し、真沙江の唾液にまみれたペニスにしゃぶりついてきた。

実に連係プレイが、明日香の時よりもスムーズな気がした。

文男に前も後ろも舐められ、真沙江が股間を引き離した。

すると恵利が含んだまま身を反転させ、彼の顔に股間を寄せてきた。

彼は恵利の股間も抱き寄せ、潜り込んで恥毛の丘に鼻を埋めて嗅いだ。

半日以上経ち、匂いも徐々に悩ましく沁み付き始め、彼は鼻腔を刺激されながら舌を這わせ、清らかな蜜をすすった。

すると真沙江は彼の股間に潜り込んで陰嚢を舐め回し、彼は股間に二人分の熱い息を感じた。

クリトリスを舐めると、

「う……」

恵利が呻いて吸引を強め、彼はチロチロと舐めては溢れる愛液を舐め取り、やはり伸び上がって肛門にも鼻を埋めた。どうやらシャワー付きトイレを使ってしまったようで、蒸れた匂いは微かだが、舐めて舌を潜り込ませると、

「あう……」

恵利がビクリと硬直して口を離した。

「いい？　先に入れたいわ」

真沙江も身を起こし、二人分の唾液にまみれたペニスを見下ろして言った。

「そ、その前に足を……」

文男はせがんだ。

「まあ、必ず舐めないといけない場所なのね」

真沙江が呆れたように言い、彼の顔の左右に座り、両足を彼の顔に乗せてくれた。すると反対側から恵利も同じようにし、彼は二人分の両足の裏を顔じゅうに受け止めた。

それぞれの足裏を舐め回し、指の間に鼻を押し付けて嗅いだ。

やはり今朝入浴した恵利よりも、真沙江の指の股の方がムレムレの匂いが濃く沁み付いていた。恐らく最後の入浴は昨夜で、今日もあちこち動き回っていたのだろう。

文男は二人の両足を嗅ぎ、順々に爪先にしゃぶり付き、全ての指の股を念入りに貪ってしまった。

「ああ、いい気持ち……、でも、もういいでしょう。入れるわ」

真沙江が焦れたように言って身を起こし、彼の股間に跨がってきた。

先端に割れ目を当て、彼女が味わうようにゆっくり座り込んでくると、屹立した彼自身は、肉襞の摩擦を受けながらヌルヌルッと滑らかに根元まで呑み込まれていった。

「アアッ……、いいわ……」

真沙江が完全に股間を密着させると、顔を仰け反らせ、巨乳を揺すりながら喘いだ。

文男も熱く濡れた柔肉に締め付けられ、快感を嚙み締めた。

恵利は彼に添い寝し、横から体をくっつけてきたので、彼は引き寄せて可憐な乳首にチュッと吸い付いた。

両の乳首を含んで舐め回し、腋の下にも鼻を埋めると、徐々に甘ったるい彼女本来の体臭が感じられはじめていた。

真沙江は腰を上下させ、何とも心地よい摩擦を開始した。

恵利が身を離したので、真沙江が身を重ねてきた。彼も両手で抱き留め、膝を立てて尻を支えた。

真沙江が胸を突き出し、彼は乳首を含んで舌で転がし、顔で柔らかな膨らみを感じながら左右とも均等に愛撫した。

もちろん腋の下にも鼻を埋めると、恵利以上に濃厚に甘ったるい汗の匂いが感じられた。

文男はうっとりと酔いしれながら、徐々に股間を突き上げはじめた。

「アア……、もっと強く突いて……」

真沙江が熱く喘ぎ、完全にのしかかって彼の胸に巨乳を押し付けた。

そして上からピッタリと唇を重ねてきたので、彼は添い寝している恵利の顔も引き寄せ、三人で舌をからめた。

混じり合った熱い息が顔じゅうを湿らせ、悩ましく鼻腔を満たした。

二人の舌はどちらも生温かな唾液に濡れ、ヌラヌラと滑らかに蠢いた。

「唾を垂らして」

言うと二人もトロトロと順番に文男の口に唾液を吐き出し、彼はうっとりと味わい、ミックスされたシロップで喉を潤した。

そして突き上げを強めると、

「アア……、い、いきそう……」

真沙江が口を離し、熱く喘いだ。

収縮と潤いが増してきて、彼もジワジワと絶頂を迫らせながら、それぞれの口に鼻を押し込んで息を嗅いだ。

真沙江は甘い花粉臭で、恵利は甘酸っぱい果実臭だ。

そのどちらも夕食の名残か、ほのかなオニオン臭の刺激を含んで彼の鼻腔を掻き回してきた。

混じり合った吐息に酔いしれながら顔を引き寄せていると、二人も舌を這わせて彼の顔を舐め、生温かな唾液でヌルヌルにまみれさせてくれた。

唾液と吐息の匂いに、肉襞の摩擦と締め付けで、文男は激しく昇り詰めてしまった。

「い、いく……」

突き上がる大きな絶頂の快感に口走り、彼はありったけの熱いザーメンをドクンドクンと勢いよくほとばしらせた。

「あう、もっと……、アアーッ……！」

噴出を感じた途端に真沙江は、オルガスムスのスイッチが入ったようにガクガクと狂おしい痙攣を開始した。

キュッキュッときつく締めつけられ、彼は駄目押しの快感を嚙み締めながら、心置きなく最後の一滴まで出し尽くしていった。

「ああ……」

すっかり満足しながら彼が声を洩らし、突き上げを弱めてグッタリと身を投げ出していくと、

「よかったわ、すごく……」

真沙江も強ばりを解いて吐息混じりに言い、遠慮なく彼に体重を預けてきた。

まだ膣内は名残り惜しげな収縮が繰り返され、中で彼自身がヒクヒクと過敏に跳ね上がった。

「あう、もう動かないで……」

真沙江も敏感になっているように呻き、幹の震えを押さえるようにキュッときつく締め上げてきた。

文男は二人分の肌の温もりと、混じり合った悩ましい吐息を嗅ぎながら、うっとりと快感の余韻に浸り込んでいったのだった。

5

「じゃ私は戻るので、あとは二人でごゆっくり」

真沙江が割れ目をティッシュで拭いて洗面器に捨てると、身を起こして下着を着けながら言った。

自分だけ果てると、さっさと戻る気になったらしい。シャワーは自室で浴びるのだろう。それに連休明けの授業の準備で忙しいのかも知れない。

真沙江が服を抱えて出て行くと、恵利も身を起こし、ベッドに座っていた。

「恵利ちゃんは入れなくていいの？」

「うん、先生の前でいくのは何となく恥ずかしかったし、今日はもう二回入れたから、自分の部屋で寝るわ」

恵利が答えた。

「そう、分かった。じゃまた明日ね」

「明日、また明日香が来るかも知れないわ。そうしたら真沙江先生と四人でするかも」

「よ、４Ｐ……」

文男は期待と、身体が保つだろうかと少し心配になった。

「でも私は、大勢も楽しいけど二人きりの方が好き」

恵利が言う。

「ああ、そうだね。僕もそう思うよ」

文男も答えた。

確かに、複数プレイはスポーツ競技かお祭り気分で、たまにならよいが、やはり一対一の密室の方が淫靡でよいと彼も思っていた。

「じゃおやすみ」

恵利は言って立ち上がり、脱いだものを抱えて部屋を出て行った。久々に、自分の部屋のベッドで寝たいのだろう。

一人残った文男は、まだ冷めやらぬ余韻の中で横になり、どうせ依頼メールなどないと知りつつスマホでメールチェックをし、少しＳＮＳを見てから寝ることにした。

身を起こして洗面器を引き寄せ、こぼさないようそろそろと放尿をした。さっき真沙江が捨てたティッシュが、白い花のように浮かんでいた。

大の用を足すのは朝に一回と、実に規則正しい体調だが、朝になったら鎖を外してくれるのだろうか。さすがに洗面器に大の用を足すのは、勘弁してもらいたいものである。

そんなことを思いながら灯りを消して横になり、間もなく彼はぐっすりと眠り込んでしまったのだった……。


——翌朝、目を覚ますと窓の外が白んでいた。

ふと違和感を覚えると、何と隣に全裸の恵利が眠っているではないか。

朝立ちの勢いもあり、文男は急激にムラムラと淫気を湧かせてしまった。

すると恵利も気づいたか、

「起きたの……？」

少々寝ぼけた声で言った。

「最初から一緒に寝れば良かったのに」

「ええ、一人でゆっくり寝ようと思ったけど、夜中に目が覚めて急に寂しくなったから……」

恵利が言って横からしがみついてきた。

文男も勃起しながら抱き寄せ、唇を重ねて舌をからめながら乳房を探った。

「アア……」

恵利が口を離し、半分眠ったまま熱く喘ぎはじめた。

開いた口に鼻を押し込んで熱気を嗅ぐと、寝起きですっかり濃くなった果実臭が、悩ましく鼻腔を満たしてきた。

恵利の手を取って勃起したペニスに導くと、彼女はニギニギと愛撫してくれながら、徐々に顔を移動させて先端を舐め回してくれた。

「真沙江先生の匂いが残ってる……」

恵利は言ったが、厭わず張り詰めた亀頭を含み、吸い付きながら舌をからめはじめた。

「ああ、気持ちいい……」

文男も身を投げ出し、美少女の口の中で唾液にまみれながら、彼自身は最大限に膨張していった。

やがて恵利も、すっかり目を覚ましたようにチュパッと口を離し、再び仰向けになってきた。彼も入れ替わりに身を起こし、恵利の股間に鼻と口を埋め、恥毛に籠もった蒸れた匂いを貪りながら舌を挿し入れ、膣口からクリトリスまで舐め上げていった。

「アアッ……！」

恵利が顔を仰け反らせて喘ぎ、挿入をせがむように腰をくねらせた。

文男も身を起こして股間を進め、唾液と愛液に濡れた割れ目に先端を擦り付けて彼女を見た。

恵利もすっかり身を投げ出し、挿入を待つように長い睫毛を伏せている。

彼も位置を定め、今度は感触を味わいながら、ゆっくり挿入していった。

張り詰めた亀頭が潜り込み、あとは潤いに任せてヌルヌルッと根元まで押し込むと、

「アアッ……、感じる……」

恵利が身を弓なりに反らせて喘ぎ、キュッときつく締め付けてきた。

文男も温もりと感触を味わいながら股間を密着させ、脚を伸ばして身を重ねていった。

彼女も両手を回してしがみつき、文男も胸で弾力ある乳房を押しつぶし、肩に手を回した。そして様子を探りながら徐々に腰を突き動かし、

「痛かったら言ってね」

囁きながらも、次第にリズミカルに律動していった。

「ええ、いい気持ち……、もっと強くしても大丈夫……」

恵利が健気に答え、それでなくとも文男はあまりの快感に激しく動きはじめてしまった。

溢れる愛液で動きが滑らかになり、湿った摩擦音も聞こえ、ジワジワと絶頂が迫ってきた。上から唇を重ね、滑らかな歯並びを舐め回し、ネットリと舌をからめると、

「ンン……」

恵利も熱く呻き、鼻息で彼の鼻腔を湿らせながらチロチロと舌を蠢かせてくれた。いつしか股間をぶつけるように激しく動くと、

「アア……、奥が、熱いわ……」

恵利が唇を離して喘ぎ、収縮を強めてきた。

つい昨日に処女を喪ったばかりなのに、その反応はもうすっかり一人前の女である。

文男も、自分が育て上げた処女の成長に目を見張りながら快感を味わった。

「嚙んで……」

恵利の口に頬を押しつけて言うと、彼女も綺麗な歯並びで、痕がつかない程度に噛んでくれた。

「こっちも……」

反対側の頬も押しつけると、恵利は歯を食い込ませ、咀嚼するようにキュッキュッと噛み締めた。

「ああ、気持ちいい、猫娘に食べられている……」

文男は高まって喘ぎ、開かせた彼女の口に鼻を押し込み、濃厚に甘酸っぱい吐息を胸いっぱいに嗅ぎながら絶頂に達してしまった。

「く……、気持ちいい……」

彼は大きな快感に口走りながら、熱い大量のザーメンをドクンドクンと勢いよく注入した。

「か、感じるわ……、アアーッ……！」

噴出を受け止めた途端に恵利が声を上ずらせて喘ぎ、たちまちガクガクと狂おしいオルガスムスの痙攣を開始したのだった。キュッキュッと締まる膣内の収縮も最高潮になり、まるで粗相したように溢れる愛液で互いの股間がビショビショになった。

文男は溶けてしまいそうな快感を嚙み締めながら、心置きなく最後の一滴まで出し尽くしてしまった。

「ああ……」

満足しながら声を洩らし、徐々に動きを弱め、力を抜いて美少女にもたれかかっていった。

「すごかった……、体がバラバラになるみたい……」

恵利も満足げに声を洩らし、強ばりを解いてグッタリと身を投げ出した。

まだ息づく膣内に締めつけられ、射精直後で過敏になった幹が中でヒクヒクと震えた。

そして文男は、彼女の喘ぐ口に鼻を押し当て、熱く湿り気ある果実臭の息を嗅ぎながら、うっとりと快感の余韻に浸り込んでいったのだった。

しばし重なったまま互いに呼吸を整えると、彼はそろそろと身を起こして股間を引き離し、ティッシュを手にして手早くペニスを拭い、恵利の割れ目も優しく拭いてやった。

もちろん出血はなく、膣口はすっかり快感を堪能したように息づいていた。

処理を終えると添い寝し、恵利に腕枕してやった。

「もうひと眠りしたら、鎖を外してくれるかい？　歯磨きとシャワーとトイレも使いたいので」

また複数プレイになるなら、ちゃんと準備しておきたくて彼は囁いた。

「ええ……」

恵利も小さく答え、また眠気が襲ってきたように、いつしか彼の腕の中で眠り込んでしまった。

軽やかな寝息を聞きながら温もりを味わい、彼も目を閉じてもう一度眠ろうと思った。

少々痺れるが、腕にかかる美少女の頭の重みが嬉しく、すぐに彼もウトウトしはじめた。

（さあ、今日はどんな一日になるんだろう……）

文男は思い、やがて恵利の温もりを感じながら、再び深い睡りに落ちていったのだった……。

＊本作品は書下しです。文中に登場する団体、個人、行為などはすべてフィクションであり、実在のものとは一切関係ありません。

◉新人作品**大募集**◉

マドンナメイト編集部では、意欲あふれる新人作品を常時募集しております。採用された作品は、本人通知のうえ当文庫より出版されることになります。

【応募要項】未発表作品に限る。四〇〇字詰原稿用紙換算で三〇〇枚以上四〇〇枚以内。必ず梗概をお書き添えのうえ、名前・住所・電話番号を明記してお送り下さい。なお、採否にかかわらず原稿は返却いたしません。また、電話でのお問い合せはご遠慮下さい。

【送付先】〒一〇一-八四〇五　東京都千代田区神田三崎町二-一八-一一　マドンナ社編集部　新人作品募集係

美少女《びしょうじょ》　監禁《かんきん》ゲーム《げーむ》

二〇二三年　五月　十日　初版発行

著者◉睦月影郎【むつき・かげろう】

発行◉マドンナ社
発売◉二見書房
東京都千代田区神田三崎町二-一八-一一
電話　〇三-三五一五-二三一一（代表）
郵便振替　〇〇一七〇-四-二六三九

印刷◉株式会社堀内印刷所　製本◉株式会社村上製本所　落丁・乱丁本はお取替えいたします。定価は、カバーに表示してあります。

ISBN978-4-576-23047-4◉Printed in Japan◉©K.mutsuki 2023